LES POÉSIES

DE

LA FAMILLE

PAR

A. BÉZIERS.

***

HAVRE

IMPRIMERIE COMMERCIALE COSTEY FRÈRES

LIBRAIRES-ÉDITEURS

Rue de l'Hôpital, 4 & 6.

1864.

Y+

LES POÉSIES

DE LA FAMILLE

LES POÉSIES

DE

LA FAMILLE

PAR

A. BÉZIERS.

HAVRE

IMPRIMERIE COMMERCIALE COSTEY FRÈRES

LIBRAIRES ÉDITEURS

Rue de l'Hôpital, 4 & 6.

1864.

AVERTISSEMENT.

En faisant imprimer ces vers, l'intention principale de l'auteur a été de laisser un souvenir à ses parents, et à ceux auxquels ils ont été adressés : or, il est complètement assuré de leur indulgence. — Mais si, par hasard, son livre venait à tomber en d'autres mains ? — Il espère encore : les partisans de la famille, — et ils sont nombreux, ou plutôt c'est tout le monde, même ceux qui parlent et écrivent contre elle, — ne pourraient pas lui refuser leur sympathie pour les sentiments qu'il exprime, et ils fermeraient les yeux peut-être un peu sur les fautes et les négligences. Il se repose sur cet espoir ; puisse-t-il n'être pas réveillé trop brusquement par la critique !

ENVOI.

Petit bouquet de fleurs, cueilli dans mon parterre,
Vous n'avez pas à craindre un sourire moqueur,
Où je vous enverrai porter avec mystère,
Les pensers d'autrefois, les souvenirs du cœur.

Allez, je sais fort bien à qui je vous adresse,
Avec grâce et bonté l'on vous accueillera :
Si vous êtes mal fait, grâce à ma maladresse,
D'un air aimable et doux on vous pardonnera.

Elle a beaucoup d'esprit : si vous pouviez lui plaire !
Elle a beaucoup de cœur : puissiez-vous la toucher !
Elle aura soin de vous, petites fleurs, j'espère,
Sans vous laisser jamais dans un coin dessécher.

LES POÉSIES

DE LA FAMILLE

—⚬⁘⚬—

A MON PÈRE.

———

1er Janvier 186..

Rien, certes, n'est plus beau qu'un vénérable père,
Que l'on voit entouré de ses nombreux enfants :
On respecte, on honore, au ciel et sur la terre,
Ce père couronné de ses beaux cheveux blancs.

« Il a bien travaillé, disent tout haut les hommes,
» Afin de procurer du pain à tous les siens ;
» L'inquiétude a dû souvent troubler ses sommes,
» Quand il voulait pour eux multiplier ses biens.

» Il a bien élevé les siens, dit-on encore ;
» Tous, suivant son exemple, ont pris le bon chemin ;
» On les voit tous aux champs travailler dès l'aurore,
» Et songer à bien faire au retour du matin. »

Aussi les cite-t-on partout dans le village,
Comme gens de travail, et comme gens d'honneur ;
Disant qu'ils ont reçu de leur père en partage
Ce qui nourrit le corps et fait vivre le cœur.

Ce bon père, sans doute, est bien digne de vivre
Encor des jours nombreux, exempts d'infirmités ;
Bien des étés pour lui devraient encor se suivre
Pour récolter ses foins et moissonner ses blés.

Ah ! c'est le vœu constant des enfants qui se tiennent,
Honnêtes laboureurs, dans les champs, près de vous ;
C'est le vœu de celui que ses devoirs retiennent
Sur des bords étrangers, mais qui pense à vous tous.

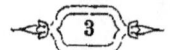

LE GRAND PÈRE.

Le soir, un bon vieillard, près de la cheminée,
Tient entre ses genoux un tout petit garçon ;
Il lui conte une histoire. Est-elle terminée,
Le petit-fils joyeux demande une chanson.
Le bon grand-père chante ; et l'enfant dans sa barbe
Passe en jouant ses mains, tire un peu quelquefois ;
Mais le vieillard en rit. Jadis, à Sainte-Barbe,
Il fut pensionnaire, et ses tours d'autrefois
Amusent le petit qui dit souvent : je t'aime !
La mère crie en vain : « Papa, vous le gâtez ! »
L'aïeul redevenu petit enfant lui-même,
Répond : « Bah ! l'on n'est pas toujours jeune, écoutez ! »

LA GRAND'MÈRE.

Le matin l'on entend une voix enfantine
Qui s'éveille et demande à grand cris : « Grand'maman ! »
Et grand'maman paraît. — « Ah ! petite maligne, »
Dit-elle en embrassant une jolie enfant
De sept ans, qui s'élance et dans ses bras se jette
En riant ! — « Ma petite, allons, et le bon Dieu !
» Faites votre prière ! » — Alors elle répète,
D'un air tout recueilli, comme dans le saint lieu,
Sa petite prière à Jésus, à Marie !
Elle envoie un baiser au crucifix placé
Sur le mur, et joignant ses deux mains, elle prie
Pour ses parents chéris. — « Je n'ai pas embrassé
» Petit-père, dit-elle en finissant, qu'il vienne
» M'embrasser dans mon lit, avant de s'en aller !...
» Grand'mère, mon oiseau !... donne, que je le tienne...
» Un peu... prends garde au moins qu'il n'aille s'envoler !...
» Grand-mère, aimes-tu bien ta petite Emilie ?...
» Tu vas la promener, n'est-ce pas, aujourd'hui,
» Bien loin, plus loin qu'hier !... Ah ! grand'mère, elle oublie !...
» Apporte ma poupée ici, puis mon étui. »

Par tant de mots, de cris, la grand'mère étourdie
Fait les choses pas bien, elle est sévèrement
Réprimandée, hélas! et tout abasourdie,
Il lui faut embrasser sa petite souvent.

A M. LE CURÉ DE BAVENT.

1er Janvier 186..

Vous qui m'avez montré jadis la bonne route,
Voyageur comme moi vers l'immortalité,
Dans ces temps où toujours je m'arrête et j'écoute
Mes souvenirs, toujours mon cœur m'a répété
Votre nom le premier entre ceux que l'enfance
Nous apprend à chérir, entre ceux qu'on entend
Dans l'âme prononcer par la reconnaissance,
Comme ayant préparé notre bonheur présent,
Et donné ce qu'il faut pour faire le voyage,
Au travers de ce monde, et parvenir au port !
On sent à chaque pas, au milieu de chaque âge,
Ce souffle d'un ami diriger notre sort ;
On sait qu'on a reçu telle bonne pensée,
A telle heure, chez lui, tandis qu'il instruisait ;
On sait que du bon Dieu sa parole sensée
A gravé dans nos cœurs un aimable portrait
Qui, vu de temps en temps, nous retire du doute,
Nous fait penser au ciel, à la religion,
Nous fait sembler plus douce, en avançant, la route,
Et nous fait avec tous vivre en bonne union.

Pour ces bienfaits, ami, que la nouvelle année
Soit pleine entre vos mains des bienfaits du Seigneur,
Que votre belle vie, ami, soit couronnée
De ces biens que Dieu donne au bon prêtre, au bon cœur.

QUAND J'AVAIS DOUZE ANS.

Dès l'âge de douze ans j'entendis la nature
Me parler dans les fleurs émaillant le gazon,
Dans les prés revêtus d'une riche verdure,
Dans les cailloux roulants du ruisseau qui murmure
    En serpentant dans le vallon.

J'écoutais enchanté ! Combien sa voix est douce,
Quand elle parle au cœur pour la première fois !
Quel bonheur de rêver sur un tapis de mousse,
Quand l'herbe qui fleurit, quand la feuille qui pousse
    Se répondent au coin des bois !

J'aimais à m'égarer aux sentiers solitaires,
Tantôt accompagné d'un livre qu'à pas lents
Je lisais, en marchant sur les humbles fougères,
Ou bien faisant craquer les aimables bruyères
    Belles dans tous les temps !

Tantôt je m'élançais à travers les broussailles,
Pour découvrir le nid que je ne prenais pas,

Je formais, au contraire, à l'entour, des murailles
De feuilles ; car combien d'enfants n'ont point d'entrailles
    Et foulent les nids sous leurs pas !

Tantôt, avec mes sœurs, je cueillais les noisettes,
En recourbant la branche où le fruit suspendu
Excitait nos désirs. Ah ! comme ces cueillettes
Nous occupaient d'avance ! Et combien de causettes
    Devant le trésor épandu !

Vous ne connaissez pas, pauvres enfants des villes,
Les plaisirs que ressent l'enfant du laboureur ;
Vous êtes enchaînés à des douceurs serviles ;
Vos jouets d'or ne sont que des choses bien viles
    Auprès de ces plaisirs du cœur.

. . . .

Mais que sont devenus et mes sœurs et mes frères ?
La tombe a recouvert celle que j'adorais ;
Le sort a dispersé loin du toit de nos pères
Les autres que je vois toujours dans mes prières,
    Mais de mes yeux presque jamais.

Mon père a bien vieilli depuis ces jours d'enfance.
Son front, jadis si noir, couvert de cheveux blancs,

M'annonce.... Mais, hélas ! je frémis quand j'y pense !
Auparavant, mon Dieu, pèse dans ta balance
    Les vœux que font tous ses enfants.

Je sens renaître en moi l'amour de mon village ;
A revoir mon vieux père, oh ! j'aspire ardemment !
Je veux aller m'asseoir au champêtre ménage,
Avec ma mère encor parler de ce bel âge :
    Nous tairons un nom seulement !

Mais j'irai, sœur, prier sur ta tombe modeste ;
J'irai rêver de toi dans les lieux qu'autrefois
Ensemble nous marchions d'un pied agile et leste.
Avec le souvenir l'espoir aussi me reste :
    Je les trouverai dans nos bois !

LA PRIÈRE DU LABOUREUR.

Moi, je vois le bon Dieu dans le gazon qui pousse
  Pour mes pauvres moutons bêlants,
Et dans ces petits nids qu'avec un peu de mousse
  L'oiseau rebâtit tous les ans.

Moi, je vois le bon Dieu, dans la saison d'automne,
  En tous ces beaux fruits suspendus
A des arbres riants, fruits que sa main nous donne
  Pour qu'on l'aime de plus en plus.

Moi, je vois le bon Dieu dans ces moissons jaunies
  Par les feux du soleil d'été,
Dans ces épis couvrant les campagnes bénies,
  Et dans notre pain récolté.

Moi, je vois le bon Dieu, même lorsque la glace
  Et la neige couvrent nos champs,
Je dis : c'est mon Seigneur qui sur la terre passe
  Et veille aux fruits qui sont dedans !

BAVENT.

Dans un coin fortuné de notre Normandie,
Où souffle constamment une brise attiédie,
Est un pays béni, préféré du Seigneur,
Où la nature a mis les sources du bonheur :
On y voit de grands bois et de vertes campagnes,
Et les fleurs des jardins, gracieuses compagnes
Des riantes maisons, puis de vastes marais
Où paissent les troupeaux sous des ombrages frais.
Quand les soleils joyeux ont pénétré sous l'ombre,
Au printemps, on y peut cueillir des fleurs sans nombre :
La blanche marguerite et le bassinet d'or
Emaillent son gazon, quand l'hiver règne encor
A quelques pas de là ; partout la violette
Apparaît se cachant à demi sous l'herbette ;
Et plus tard le muguet, au parfum pénétrant,
Y fleurit dans les bois, loin d'un soleil brûlant.
La jeune fille va découvrir sa retraite
Au saint jour du dimanche, et de la fleur secrète
Cueille un joli bouquet qu'elle apporte au hameau,
Et durant plusieurs jours l'entretient frais et beau.

Il faut voir la moisson et le riant automne,
Il faut voir les beaux fruits que chaque saison donne
A ce riche pays ! Que j'aime ces pommiers
Lorsqu'ils sont tout en fleurs, aux soleils printaniers,
Célébrant les bienfaits du Dieu qui les décore,
Et parfumant les champs ! Mais je les aime encore,
Quand les branches ployant sous le poids de leurs fruits,
Du laboureur actif réclament des appuis ;
Quand tous ces fruits mûris par l'astre qu'ils honorent,
De l'éclat de la pourpre ou de l'or se colorent ;
Ou bien que recueillis dans de vastes paniers,
Pour nous ils vont remplir jusqu'au toit les greniers.
Quel bonheur règne alors dans toutes les familles !
Tous les petits garçons, toutes les jeunes filles
Sont là, courbés dans l'herbe ! On les voit s'empresser
D'une main et de l'autre, et vite ramasser
Les fruits qu'on vient d'abattre ! Et moi, dans mon enfance,
J'ai goûté ces plaisirs ; j'ai pris souvent par l'anse
Le panier tout rempli ; j'ai porté sur mon dos,
Au grenier, assez loin, de gros et lourds fardeaux :
Sous le sac je marchais courbé ; plein de courage,
Je n'ai jamais été paresseux à l'ouvrage !
Oh ! j'étais bien heureux ! oh ! j'étais enchanté
De respirer l'air pur, d'avoir la liberté
Dont on jouit aux champs ! Hélas ! pour le collège
Il me faut tout quitter ; l'étude seule allége

Mes regrets ! Mais toujours, Bavent, j'ai désiré
De vieillir dans ton sein !... J'ai bien longtemps erré
Sur des bords étrangers, par les routes diverses
Où le sort m'a conduit, non certes sans traverses ;
Maintenant je voudrais m'en retourner au port,
Et du plus loin possible attendre là la mort.
Et d'ailleurs, ce n'est pas le charmant paysage
Seulement qui m'appelle à mon joli village :
Mais là vivent encor mes bons et vieux parents ;
Là de mes pauvres sœurs je revois les enfants,
Orphelins ou d'un père ou d'une tendre mère ;
J'ai mon meilleur ami dans l'humble presbytère.
Ce bon ami ! c'est lui qui vis en amateur
Du riche et beau pays dont il est le pasteur !
Il aime à travailler, à manier la houlette,
A sarcler son jardin, puis, avec la serpette,
A couper les bois secs que l'hiver a détruits ;
Il serre de ses mains tous ses nombreux produits.
La poésie alors déborde de son âme ;
Sa parole animée est semblable à la flamme
Qui chauffe doucement et ranime les sens.
Avec bonheur, toujours, j'entends ses doux accents ;
Ils pénètrent mon cœur d'amour pour la nature :
Je trouve l'air plus pur, plus belle la verdure,
Et Bavent est encor plus riant à mes yeux
Quand je suis avec lui ses chemins spacieux,

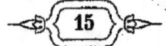

Ou ses sentiers étroits. A sa voix on espère
Encor plus aux bienfaits de notre divin père
Qui sur Bavent répand et les fleurs et les fruits
Et n'a rien épargné pour ce charmant pays.

UN CURÉ A UN ENFANT DES CHAMPS.

Enfant des champs, ah ! tu rêves la ville ;
On gagne plus, dis-tu, qu'à la moisson ;
Là du travail durant toute saison !
Mais, mon enfant, dans quelle foule vile
Tu vas tomber, en allant à Paris ;
Tu perdras là cette belle innocence
Qui couronnait ta douce et pure enfance :
Ainsi l'ont fait tous ceux qui sont partis.

Ah ! sais-tu bien qu'on ne peut être honnête,
Lorsque l'on vit au milieu des méchants ;
Or, la ville est remplie, ami, de gens
D'un mauvais cœur et de mauvaise tête :
Ils sont surtout en grand nombre à Paris !
Oui, tu perdras là ta religion,
Tu te riras de la confession :
Ainsi l'ont fait tous ceux qui sont partis !

Mon pauvre enfant, peux-tu quitter ta mère
Qui t'aime tant et que tu vois pleurer !
Pour moi, je sens mon cœur se déchirer...
L'infortunée, hélas !... douleur amère !...

N'avoir qu'un fils pour qu'il aille à Paris ;
Craindre pour lui ces tristes maladies,
Que trop souvent causent leurs infamies ;
Ainsi l'ont fait tous ceux qui sont partis.

C'est ton pasteur, mon enfant, qui t'en prie :
Reste chez nous, dans nos champs bien aimés ;
Ils ont été par tes aïeux semés
Bien des fois. Ah ! tu sais bien que leur vie
Y fut heureuse ! Hé ! qui l'est à Paris ?
Pour chaque jour je te promets ouvrage,
Et joie, et puis plus tard bon mariage,
Que n'ont pas fait tous ceux qui sont partis.

LE MARIAGE.

Quand on voit au printemps les fleurs blanches et roses,
Sous les feux du soleil nouvellement écloses,
Promettre une moisson abondante de fruits,
Et contenter le cœur du laboureur avide,
Qui sait si la gelée ou bien un air perfide
    Ne viendra point pendant les nuits?

Quand l'aurore apparaît au haut de la montagne
Annonçant le soleil à la verte campagne,
Et que chacun s'apprête à fêter ce beau jour,
L'un par le doux travail, l'autre par un voyage,
Soudain un bruit s'entend : c'est le bruit de l'orage
    Qui par les airs troublés accourt !

Lorsque l'on voit du port, les voiles déployées,
Sortir un beau navire, aux flèches élancées,
Quoiqu'il ait à présent et le ciel et les vents,
Qui sait si les écueils, si l'affreuse tempête
Ne déchireront point ou ses flancs ou sa tête,
    Au milieu des flots écumants.

De même quand l'amour conduit la jeune fille
Aux autels de l'hymen, que toute sa famille
La contemple priant dans le temple chrétien,
Le cœur ne s'ouvre alors qu'à la douce espérance :
Qui pourrait néanmoins lui donner l'assurance
      Que le temps ne changera rien ?

Vous voudriez, hélas ! que ma voix vous rassure,
Que je dise riant : « Chère enfant, soyez sûre
Autant de l'avenir que du bonheur présent. »
Si je pouvais du temps percer les sombres voiles,
Ou bien interroger les cieux et les étoiles,
      Je vous répondrais à l'instant.

Mais à prier pour vous se réduit ma science.
Ah ! né demandez rien à mon expérience !
Nourrissez cependant en vous le doux espoir :
Plus d'un navire a fait un long et beau voyage ;
Plus d'un arbre produit ; et souvent sans nuage
      Le soleil a lui jusqu'au soir !

UN PETIT OISEAU A SA MAITRESSE

Je me plais avec toi, ma bien bonne maîtresse,
 Je suis heureux, quand tu viens me baiser :
Dès que j'entends ta voix, je suis plein d'allégresse,
 Et sur ta main j'aime à me reposer.

Pourtant... pourtant, pardonne, hélas! à ma franchis ;
 Je me surprends quelquefois à gémir
En face des barreaux où ma tête se brise,
 Et la douleur m'empêche de dormir.

Tu demandes pourquoi! Bien souvent c'est un frère
 Que j'aperçois voler dans le jardin,
Aller de fleur en fleur, jouer et se distraire,
 En liberté, dès l'aube du matin.

D'en faire autant qu'eux tous, ah! j'aurais bien envie !
 Je reviendrais, je jure, chaque jour
Près de toi, pour te voir, te raconter ma vie,
 Quand j'aurais fait un tout... tout petit tour.

Ce qui, vois-tu, me cause encore plus de peine,
 C'est au printemps, quand ils vont deux à deux
Bâtir un joli nid sur l'arbre de la plaine,
 Et déposer dedans leurs petits œufs.

C'est quand ils vont ensemble, à travers la campagne,
 S'entredisant mille mots d'amitié ;
Et quand passant ici l'un dit à sa compagne :
 Pauvre captif, hélas ! j'en ai pitié !

Dans ces affreux moments, oh ! je hais cette cage,
 Et ton amour m'est peut-être odieux :
Rien ne me paraît beau que de vivre au bocage,
 En liberté, sous la voûte des cieux !

Si tu m'aimes, rends-moi la liberté si douce ;
 Que j'aille aussi voltiger dans les champs !
Tu me verras, amie, avec un peu de mousse,
 Faire mon nid près de toi tous les ans.

PRIÈRE POUR UN ENFANT.

Mon Dieu, pour mon enfant, non, je ne te demande
Ni l'or ni la beauté; mais que ta main répande
      Dans son sein la santé;
Verse dans son esprit des trésors de sagesse
Et surtout dans son cœur répands avec largesse
      Des trésors de bonté !

Que la vérité luise à son intelligence
Dès ses plus tendres ans, dès sa première enfance
      De son éclat si beau !
Puis, quand la liberté réchauffera son âme,
Nourris de la vertu la pure et sainte flamme
      En son esprit nouveau.

Que sur ses traits respire une douceur aimable;
Qu'il porte sur son front un air candide, affable,
      Lui gagnant tous les cœurs !
Que la chaste pudeur peinte sur son visage
Eloigne des méchants le funeste langage
      Et préserve ses mœurs !

Tu le vois, ô mon Dieu, notre bonheur repose
Sur cette tendre fleur, encore à peine éclose,
       Protège son printemps.
Donne-lui de longs jours, et qu'en paix elle brille,
A nos regards charmés, au sein de la famille,
       A l'abri des autans !

Qu'il nous survive enfin, pour que notre vieillesse
Ne soit pas délaissée, et pour que sa tendresse
       Console nos vieux jours !
Qu'il nous ferme les yeux à notre dernière heure,
Et qu'un bon souvenir de ses parents demeure
       Dans son cœur pour toujours !

LA RENTRÉE DU PAPA.

Voici papa!... papa, dit, quand la nuit arrive,
Une gentille enfant qui depuis quelque temps
Regarde à la fenêtre : alors légère et vive
Elle court au-devant. — « Tu tardes bien longtemps
» Petit père, pourquoi? Ça me fait de la peine! »
— « J'étais à travailler, enfant, pour vous nourrir! »
— « Mais je mangerai moins! » — Le père peut à peine
Retenir une larme; il pousse un long soupir,
Car les temps sont mauvais. — « Je suis pourtant bien sage,
» Mon petit père! mais... tu n'as pas l'air content!
» Baise... baise moi donc! » — A ces mots, le visage
Du père se déride; et, par enchantement,
De son esprit s'en vont tous les soucis d'affaire
Qui pesaient sur son front; il presse dans ses bras
Sa chère enfant qui rit. — « Papa, qu'allons-nous faire,
» Dit-elle en l'embrassant? Je suis dans l'embarras
» Si nous devons jouer à la géographie,
» Ou bien nous amuser à lire Robinson. »
— « Tout ce que tu voudras, ma petite chérie! »
— « Eh bien, nous allons voir! « — Mais le petit garçon

Qui jouait à l'écart, dès qu'il entend son père,
Accourt en sautillant et se jette à son cou :
— « O papa, j'ai bien lu, dit-il, tu vas, j'espère,
» Etre content de moi, puis m'embrasser beaucoup; »
Ce que fait aussitôt le père bon et tendre
Partageant ses baisers entre ses deux enfants;
Puis il entre, disant : « Ne faisons pas attendre
» Votre mère, venez, venez, petits méchants! »

LA JOURNÉE DE LA MAMAN.

Pendant le jour deux fois, avec petite mère,
Le petit garçon a dans un livre épelé;
Il a deux fois aussi prié le divin père,
En demandant souvent d'un air très éveillé,
Si l'on voit le bon Dieu; si le ciel, sa demeure,
Est bien loin; si l'on va, quand on n'est pas méchant,
Au paradis... Il dit à sa mère, à toute heure :
— « Maman, aimes-tu bien ton cher petit enfant?...
» Maman, embrasse-moi... maman, je serai sage...
» Je t'aime bien, maman! » La mère avec bonté
Répond à chaque chose, et lui donne pour gage
D'amour un bon baiser, très souvent répété;
Pendant cela, la sœur brode une belle bourse!
En demandant conseil : — « Cela fera-t-il bien?...
» Papa sera content?... » Et puis se met en course,
Parcourant la maison mille fois pour un rien;
Jouant avec son frère, et reprenant l'aiguille,
La quittant de nouveau, demandant à maman
De l'embrasser aussi, car elle est bonne fille!
Ce que fait aussitôt la mère à tout moment!

Pauvre mère, elle a l'air quelquefois en colère,
En disant que tous deux lui font perdre son temps;
Mais ne saurait garder longtemps son ton sévère,
Car elle aime bien trop pour cela ses enfants.

A Mme ISID... L...

Bientôt, ma sœur, vous serez mère,
Vous recevrez ce nom si doux ;
Et Dieu joindra le nom de père
Au nom si cher de votre époux.
Ah ! quel bonheur dans la famille,
Quand on attend hôte nouveau !
« Sera-ce un garçon, une fille ?
» Cet ange sera-t-il bien beau ?
» De quel côté la ressemblance ?
» De qui doit-il avoir les traits ? »
Questions qu'on se fait d'avance,
En traçant d'aimables portraits.
O mère, vous êtes ravie,
N'est-ce pas, lorsque vous sentez,
Dans votre sein, croître la vie
De cet ange que vous portez ?
Oui, livrez-vous à l'espérance ;
Dieu vous accordera vos vœux ;
Et bientôt gracieuse enfance
Emplira de ses cris joyeux

Votre maison ! Une autre vie
Nous est donnée en un enfant,
Et dans cette image chérie
On se revoit tout triomphant :
Une épouse aimante y retrouve
Celui qui fait tout son bonheur ;
Et le père lui-même y trouve
Ce qui jadis toucha son cœur.
Parents, achetez donc bien vite
Un charmant tout petit berceau ;
Préparez chemise petite,
Petit bonnet, joli manteau ;
Choisissez promptement la place
Où dormira ce cher petit,
Près de vous, devant une glace
Qui reflète son joli lit.
L'aimable enfant qui vient de naître
Est un trésor bien précieux ;
C'est un diamant qu'un petit être
Arrivé récemment des cieux.

L'ENFANCE DE MOZART.

A M. G...

C'était au retour du printemps,
Quand la campagne est toute en fête,
Et que le rossignol apprête
Son nid, à l'abri des autans :
Tout chante, chaque créature
Veut célébrer l'hymen des fleurs :
L'homme aussi, suspendant ses pleurs ;
Chante avec la belle nature.

Le rossignol alors chantait,
La nuit, auprès d'une fenêtre :
On voyait aussitôt paraître
Un jeune enfant qui l'attendait :
On admirait au clair de lune
Ses yeux tout brillants de plaisir ;
Sur son front passait un désir
Qui faisait rougir sa peau brune.

Pendant le sommeil de l'enfant,
Du rossignol la mélodie
Berçait son oreille endormie
Et son petit cœur triomphant :

Il sentait en lui quelque chose
Qui chantait, mais tout doucement,
Comme une voix du firmament,
Ou comme un soupir de la rose.

Un jour, dit-on, il entendit,
Près de son lit, une harmonie
Qui l'éveilla ; puis un génie
S'approcha souriant et dit :
Moi qui préside à la musique,
Je te bénis, tu seras roi ;
Mon enfant, tu feras la loi
A la harpe, à l'archet magique.

Aussi, dès l'âge de six ans,
L'enfant, sans étude et sans maître,
En écoutant à sa fenêtre,
Se pénétrait de ces beaux chants
Que ne comprend pas le vulgaire :
Cela soudain l'électrisait,
Et son piano redisait
Quelque douce et sainte prière.

LA BOUILLOIRE.

SONNET.

En frémissant ainsi, que dit donc la bouilloire ?
Dit-elle qu'un mari doit la fidélité ,
Et qu'il ne doit jamais ôter de sa mémoire
Ce que pour lui sa femme a dans son temps été ?

Dit-elle que la femme aura dans son armoire
Linge propre, bien blanc, et que la propreté,
Cette vertu si belle, est pour elle une gloire,
Avec l'ordre qui n'est jamais assez vanté ?

Dit-elle que tous deux, pour égayer la route,
Doivent chasser bien loin et l'humeur et le doute,
Insouciants ainsi qu'à l'âge de vingt ans ?

Elle dit tout cela, bien autre chose encore,
Quand assis au foyer l'on cause et l'on adore
Les pénates si bons qui sont cachés dedans !

A Mlle M. L....

Se souvenir, hélas ! c'est verser une larme
Sur ceux qu'on a perdus et qu'on avait aimés ;
C'est dire au temps cruel que rien, rien ne désarme :
Nous étions bien, pourquoi nous as-tu séparés !

Se souvenir, c'est dire : ah ! de vivre auprès d'elle
Cela m'était si doux ! Elle était, cette enfant,
Si naïve et si bonne ! et son cœur si fidèle !
Son abord si facile, et son front si riant !

Se souvenir, c'est dire : autrefois tous ensemble
Nous nous amusions bien ; nous allions au printemps
Cueillir des fleurs aux champs, et quand l'hiver assemble
Près du feu les amis, nous dînions bien contents.

Se souvenir, hélas ! c'est dire : eh quoi ! ces choses
Ne reviendront jamais ? L'hiver revient pourtant,
Et le printemps aussi nous ramène les roses ;
Pourquoi Dieu pour nous seuls n'en fait-il pas autant ?

L'AMITIÉ.

Quand les signes du ciel ont annoncé l'orage,
L'oiseau songe à se mettre à l'abri du feuillage,
Ainsi, lorsque l'on sent approcher le malheur,
On court vers un ami demander un asile :
On trouve là toujours un appui bien utile,
      Hélas! dans la douleur!

Quand le soleil blessant notre vue éblouie
Se mire dans un lac, son image affaiblie
Plaît aux yeux reposés par un moins vif éclat
Tel le cœur d'un ami, nous reflétant la joie
Que donne le bonheur, permet mieux que l'on voie
      Sans orgueil son état.

L'ami dans le danger est un pilote sage
Qui, sans s'inquiéter d'un sinistre présage,
Louvoie habilement, pour conjurer le sort;
Toujours sur le tillac, ouvrant, serrant les voiles,
Selon l'aspect des vents, du ciel et des étoiles,
      Il nous ramène au port!

Ami, le triste ennui s'enfuit en ta présence ;
Ta voix flatteuse éveille en mon cœur l'espérance :
Telle la fleur courbée à terre, languissant
Faute d'un doux soleil, soudain lève sa tête,
Quand l'astre reparaît, reprend un air de fête,
  Et change en un instant !

Eh quoi ! sans l'amitié, que serait donc la vie?
Qui pourrait ici bas exciter notre envie?
La terre ne serait plus qu'un vaste désert !
Plus de front gracieux, riant à notre approche ;
Plus les adieux du soir, ni l'aimable reproche
  Fait par un cœur ouvert !

Plus de ces gais propos, ni de ces causeries
Où l'on s'amuse tant ; plus de ces rêveries
Où l'on bâtit à deux un charmant avenir !
Rien que le froid regard de cette indifférence
Qui glace, ou le venin de cette défiance
  Qui vous ferait pâlir !

O divine amitié, ne quitte point la terre :
L'ambition sans doute ou l'intérêt resserre
Les cœurs ; et toi, tu veux l'ardeur du dévoûment,
Tu veux que l'on partage avec l'autre soi-même
Les peines, les plaisirs, qu'avec constance on aime
  Jusqu'au dernier moment !

Mais si d'un encens pur tu reçois les hommages,
En un coin retiré, des mains de quelques sages,
Libres d'ambition, ennemis des honneurs,
Tu dois rester pour eux : soutiens-les dans la vie,
Et quand une âme à l'autre, hélas ! sera ravie,
      Viens essuyer leurs pleurs !

TOUT PASSE... MAIS ESPÉRONS !

Allez donc arrêter les fugitives ombres
Que regardent passer tous ces visages sombres
      D'hommes désappointés !
Allez donc dans vos mains, par une étreinte forte,
Chercher à retenir le fleuve qui s'emporte
      A flots précipités !

Empêchez le printemps de quitter nos campagnes,
Et les vents de fouler les herbes, ses compagnes,
      Les hivers de venir !
Priez le rossignol, penché sur sa couvée,
De chanter ses amours durant toute l'année
      Et sans jamais finir !

Dites à l'animal fidèle qui vous aime :
Mon pauvre chien, pourquoi n'es-tu donc plus le même ?
      Tu languis et tu meurs !
Dites au beau rosier, placé sous la fenêtre,
Que vous avez planté, que vous avez vu naître :
      « Donne toujours des fleurs ! »

Les ombres vous diront : Malheur à qui s'attache
A nous! Encore un jour, et le fruit se détache
      De l'arbre pour pourrir;
Encore un jour, et l'arbre aussi tombe en poussière,
Encore un jour, et l'homme arrive au cimetière :
      Notre loi, c'est mourir !

Le fleuve qui s'élance en sa course effrénée
Dira : vers l'Océan mon onde est entraînée
      Par d'éternelles lois;
Et ta vie, ô mortel, ainsi que moi, s'écoule
Dans cet autre Océan, où s'engloutit en foule
      Le peuple avec ses rois!

Les vents qui vont si vite, en leur langue gémissent
De voir tomber les fleurs, les feuilles qui frémissent
      Sous leurs coups redoublés;
Ils poussent des sanglots au-dessus des navires
Tout près de s'engloutir, au-dessus des empires
      Sous les ans accablés !

Mon doux printemps, tu meurs et tu renais ensuite :
Hélas! un jour viendra qu'avec toute ta suite
      De gracieux enfants,
A l'éternel hiver tu cèderas la place;
Tu ne reviendras plus fondre l'épaisse glace
      Par tes feux bienfaisants !

Alors pas une fleur et pas un seul brin d'herbe ;
Pas de foin dans le pré, ni dans le champ de gerbe !
  Mais un vaste linceul
Enveloppe la terre aride et laide et nue
Qui pleure de se voir insulter par la nue
  Dans son affreux cercueil.

Où sera donc le rossignol ? Personne sur la route
Ne s'arrête pour lui ; nulle oreille n'écoute
  Ses chants mélodieux.
Pauvre petit oiseau, lorsque viendront ces choses,
Puisses-tu t'envoler du sein des belles roses,
  Sans mourir, dans les cieux !

Toi, tu perdras ton chien, cet ami si fidèle :
Tournant vers toi ses yeux, où l'amour étincelle,
  Il versera des pleurs,
Et fera ses adieux. Ton rosier qui dessèche
Mourra bientôt aussi ; déjà sa branche sèche
  N'annonce plus de fleurs !

Ah ! je n'ose penser à de plus tristes pertes :
Avec les doux oiseaux, avec les herbes vertes,
  Avec le pauvre chien,
L'un après l'autre, hélas ! d'autres êtres encore
S'en vont ; nous n'avons plus, à la nouvelle aurore,
  Ceux que nous aimions bien !

C'est affreux ; mais que faire? ô divine espérance,
Verse un peu dans nos cœurs de cette patience
     Qui calme la douleur ;
Souvent de l'autre vie écarte un peu le voile,
Afin que nous voyions dans quelle belle étoile
     Se trouve le bonheur !

Afin que nous sachions où sont partis les nôtres,
Où nous devons aller les uns après les autres
     Avec notre esprit seul.
Dis-nous aussi qu'un jour les morts de la poussière
Sortant tout rayonnants d'une vive lumière,
     Secoûront leur linceul.

Dis-nous que nous pourrons nous retrouver ensemble
Dans les parvis sacrés où le Seigneur rassemble
     Ceux qu'il a séparés ;
Que nous serons heureux, bien plus que sur la terre,
Dans la sainte maison de notre divin père,
     Dans les cieux azurés !

Viens nous parler ainsi souvent dans la journée,
Et dans le cours des nuits ; notre âme en toi bercée
     Bien moins regrettera
Les fleurs et leurs parfums, la voix du chien fidèle,
Et des amis plus chers, certaine qu'immortelle
     Elle les reverra !

A UN ROUGE-GORGE, MON AMI.

Cher petit rouge-gorge, ami de mon enfance,
Dans la modeste chambre où tu venais me voir,
Je me figure encor désirant ta présence,
    Quand arrivait l'heure du soir.

Au printemps tu laissais tes petits, ta compagne,
Pour passer un moment avec ton jeune ami :
J'avais alors les yeux tournés vers la campagne,
    Seul plaisir qui m'était permis !

Tu te plaçais toujours au bord de la fenêtre,
Et tu me regardais penché sur le papier,
Ecrivant ou lisant; tu te disais peut-être :
    Cela devrait bien l'ennuyer !

Puis tu t'écriais : mais... écoute donc, écoute ;
Je viens vers toi, vois-tu, pour t'instruire à mon tour.
Quand tu m'avais dit tout, tu reprenais ta route,
    Ou voltigeais tout alentour !

Ami, c'était chez toi de la reconnaissance ;
Oui, tu te souvenais d'un service rendu !
Chez vous autres, dit-on, l'on voit de la constance ;
  Jamais un bienfait n'est perdu !

Un jour d'un froid affreux, que la terre couverte
De plusieurs pieds de neige, affamait les oiseaux,
Tu te réfugias dans ma chambre entr'ouverte,
  Avec quelques pauvres moineaux !

Je fis ce que je pus pour te sauver la vie ;
Je t'offris un asile et te donnai du pain ;
Ta chère liberté ne te fut point ravie,
  Je te préservai de la faim !

Et depuis tu venais charmer ma solitude,
Me confier, cher ami, tes plaisirs, tes amours,
Et me distraire un peu de cette longue étude
  Où tu me rencontrais toujours !

Ah ! qu'es-tu devenu ? Voilà bien des années
Que je suis éloigné de ce champêtre toit,
Où je te vis souvent becqueter mes croisées
  Pour que je m'occupe de toi !

Tu m'as redemandé longtemps sans doute encore,
Puis tu m'as oublié : partout l'âge détruit
Les douces amitiés ; rien, rien qu'il ne dévore,
    Hélas ! à la longue, sans bruit.

Mais moi du souvenir je n'éteins pas la flamme ;
Je l'entretiens toujours au foyer de mon cœur ;
Et je parle de toi pour soulager mon âme,
Car un doux souvenir est l'ombre du bonheur.

PROMENADE SUR LA JETÉE DU HAVRE.

Un jour, me promenant au Havre sur ce môle
Qui repousse les flots de son énorme épaule,
Et sur le dos duquel on peut, sans nul danger,
L'Océan sous les pieds, ou causer ou songer,
J'écoutais un ami d'une âme recueillie,
Et répondais des mots pleins de mélancolie.
C'était le soir ! la lune au loin apparaissait
Derrière Fatouville ; elle se balançait
Au haut de la falaise, et de son doux visage
Les rayons affaiblis éclairaient le rivage.
La mer était tranquille entre nous et Honfleur ;
A peine y voyait-on paraître un flot rêveur
Pour expirer soudain, comme une courte vie
Qui dans l'éternité se trouve ensevelie.
Nous admirions surtout une route partant
De l'astre et parsemée alors de grains d'argent
Et d'or qui scintillaient, comme les pierreries,
En un grand jour de fête, au bal des Tuileries :
Mais c'était bien plus beau ! Notre cœur s'élançait
Par la route que l'astre en l'Océan traçait

Jusque vers l'Orient. Mais, à travers l'espace,
Quand nous eûmes monté, monté, plus nulle trace,
Si ce n'est de vos pas, ô Seigneur ! Dans l'infini
Nous étions parvenus ! Quand tout sera fini
Sur la terre pour nous, sous les voûtes profondes
De ces cieux étoilés, dans ces déserts des mondes,
Où devons-nous aller ? Mais pour approfondir
Ces secrets du Seigneur, il faut d'abord mourir !
De ces réflexions nous voulions nous distraire
En abaissant nos yeux sur un point de la terre :
Nous regardons en vain, la nuit s'épaississant
Dérobait l'horizon; plus de borne à présent
Sur la mer elle-même ! Et voilà que des ombres
Passaient et repassaient avec ces airs si sombres
Que Virgile et qu'Homère ont donnés à leurs morts.
On croirait, disions-nous, ces mystérieux bords
Où le divin Achille avec mélancolie
Regrettait le soleil, les douceurs de la vie !
A regarder cela l'on se sentait saisi
De l'effroi du tombeau; mais l'on sentait aussi,
Sans trop savoir pourquoi, cet ineffable charme
Que nous donne l'espoir d'un monde sans alarme,
Sans souffrance, où la paix est partout, dans les cœurs,
Dans les eaux, dans les airs, où l'on rit des erreurs
De la petite, hélas ! si petite planète,
Où l'homme quelques jours loin des astres végète.

Sur l'immortalité nous avions donc toujours
Les yeux fixés ! un cri vient détourner le cours
De nos pensers... un cri de bonheur et de joie !
« Est-il possible, amis, disait-on, que l'on voie
» Un spectacle plus beau ? Voyez donc le couchant ! »
Nous regardons : le ciel était éblouissant
De ce côté... « Voyez ! »... A chaque instant la scène
Changeait d'aspect... « Voyez ce cavalier qui mène
» Un cheval qui se cabre..., et puis ce grand palais
» D'où sortent des rois, des princes, des valets !...
» Oh ! voyez maintenant le gracieux paysage...
» Au haut d'une colline un vénérable sage !
» Sur son front vient frapper un rayon de soleil !
» Jamais à l'opéra vit-on rien de pareil ? »
Nous admirions aussi ces changements à vue
Qui s'opéraient tout seuls devant nous dans la nue.
Arrivant lentement, la nuit n'osait encor,
A cause du soleil, troubler ce beau décor
Qu'elle même admirait ; et, sous un ciel moins sombre,
Tout près de Frascati, des poissons en grand nombre
Faisaient leurs adieux à l'astre aimé de tous,
Et jouaient sur les eaux, trouvant les airs bien doux !
Là le flot s'agitait murmurant sur la plage,
Et d'une vie active et calme offrait l'image ;
Contre le môle en pierre il venait se jeter,
Tandis qu'un autre allait pour se précipiter.

Près de là, soupirant, dans la mer immobile !
Ainsi, nous disions-nous, au sein de cette ville,
L'un travaille avec bruit, bâtit, achète, vend,
Tandis qu'au sein de Dieu cet autre, hélas ! se rend !
A ces mots, par instinct, chacun de nous regarde
Vers les bords opposés : l'astre monte sa garde
Toujours dans les parvis du grand ciel étoilé,
Et l'infini toujours reste à nos yeux voilé !
Nous voulons de nouveau le sonder en silence ;
Mais nous ne rencontrons que l'éternel, l'immense ;
Et l'esprit finirait, je crois, par succomber
A cette vue ! Il faut le laisser retomber
Dans les petits soucis de cette pauvre terre :
En attendant, ô homme, aime, crois, puis espère !

A MA SŒUR.

AU LIEU D'UNE ÉPITAPHE.

Ma pauvre sœur, quand je fus au village,
Et que je traversais à petits pas
Le cimetière, hélas ! sur mon passage
Je te cherchai, mais ne te trouvai pas !
D'herbe pour tout ta tombe était couverte,
Et n'avait point la simple croix de bois ;
Pour ornement une herbe longue et verte
Que dans l'année on coupe plusieurs fois :
C'est là que vient pour te voir ta famille ;
Elle était pauvre et n'a pu faire plus.
Moi, j'aime mieux, sœur, que le soleil brille
Sur ton gazon : ornements superflus,
Vous écrasez sous votre masse épaisse !
On est bien mieux sous le gazon fleuri !
Il semble aussi qu'on peut, plus à son aise,
Ainsi causer avec un mort chéri !

LA MÈRE.

SONNET.

Il est une personne ayant plus de génie
Que n'en reçut des dieux le sublime Platon,
Que n'en put réunir toute une académie,
Même celle où brilla l'astronome Newton.

Qui, sans avoir jamais su la philosophie,
En sagesse dépasse Aristote et Caton,
A qui pour la vertu beaucoup plus je me fie
Qu'à Socrate, de tous le plus sage, dit-on.

De laquelle l'esprit sans aucun art, me semble
Au-dessus de celui que possèdent ensemble
Tous ceux dont fut le roi Voltaire triomphant.

Une personne, enfin, dont la bonté féconde
Rappelle le bon Dieu : c'est la mère qui fonde
Avec un doux sourire, un homme dans l'enfant !

SURSUM CORDA !

Mon cœur, monte plus haut, ne reste pas à terre :
Des vices on y sent les malignes vapeurs
Qui, jaillissant ainsi que d'un profond cratère,
Obscurcissent le ciel à de grandes hauteurs.

Mon cœur, monte plus haut, car les douleurs assiègent
Les hommes ici bas, ils en sont tourmentés
Sans pouvoir respirer : mais les anges protègent
Ceux qui vers le Seigneur par la foi sont portés !

Mon cœur, monte plus haut : les hommes persécutent
Ceux qui de leurs faux biens paraissent envieux :
Mais ils laissent en paix tous ceux qui n'en disputent
Aucun, contents qu'ils sont de posséder les cieux !

Mon cœur, monte plus haut : tu trouveras les sources
Qui préservent du vice et calment les douleurs ;
Le bonheur, pour lequel on fait de longues courses
Sur la terre, s'obtient là sans peine et sans pleurs !

Mon cœur, monte plus haut : ne sens-tu pas l'approche
Du Dieu qui vient à toi, qui te dit d'avancer?
Il te découvrira, quand tu seras plus proche,
Un peu du paradis, pour te récompenser.

A J. L.

———

Pauvre oiseau voyageur, qui parcourez le monde,
Sans trève et sans repos, toujours à travers champs,
Volant malade ou non, à peine une seconde
Pouvant vous abriter un peu contre les vents.

Et qui, tout fatigué, par des routes nouvelles,
Repartez chaque jour au milieu des hivers,
N'ayant jamais le temps de replier vos ailes,
Je vous plains dans mon cœur autant que dans mes vers.

Hélas! si je pouvais vous préparer un gîte
Dans chacun des endroits où vous devez passer;
Vous trouveriez, ami, maisonnette petite
Pour dormir bien tranquille et bien vous délasser.

Vous trouveriez aussi bon cœur et bon visage,
Un frère qui dirait : « restez donc parmi nous; »
Puis une bonne sœur qui s'écrirait : « volage,
» Où trouveras-tu donc d'autres climats plus doux? »

Petit Paul chercherait à vous tenir en cage
Pour jouer avec lui, le pauvre tout petit;
Il ne sait pas, hélas! qu'un oiseau de passage
Veut toujours être libre, et qu'en cage il périt!

« Il le faut, dites-vous; oui, pour gagner ma vie,
» Il me faut voyager les hivers, les étés;
» Mais j'aimerais bien mieux la voir ensevelie
» Dans le charmant vallon où les miens sont restés! »

Pauvre oiseau voyageur, un peu de patience,
Car cela finira; cependant, revenez
Le plus souvent possible aux lieux de votre enfance,
Et revenez tout près de là chez vos aînés.

Mais si vous bâtissiez votre nid au village,
Cela vous fixerait : on aime ses petits,
On aime sa compagne; alors on ne voyage
Qu'à regret et tout près de ces êtres chéris.

Quoi qu'il en soit, mes vers, allez, allez l'attendre
Dans la ville de Dax; présentez-lui nos vœux;
Dites-lui que tous trois nous l'aimons d'un cœur tendre,
Et que nous prions Dieu, tous trois, qu'il soit heureux!

APOLOGUE.

Un geai superbe avait à la plus haute cime
D'un grand chêne placé son nid qui paraissait
Aussi gros que celui de l'aigle ; un vaste abîme,
Gouffre béant, aux pieds de l'arbre s'enfonçait,
A cent mètres sous terre : et le geai semblait dire,
En plongeant ses regards dans le sein ténébreux
Du sépulcre, on peut bien de l'abîme se rire,
Quand on sait élever son vol jusques aux cieux.
Il avait pris pour lui la plus belle compagne,
Au corsage luisant, au maintien Pompadour.
Il la suivait partout dans la verte campagne,
Envié des oiseaux des rives de l'Adour.
(Car c'est là que vivait le héros que je chante :
Dans cet heureux pays plus d'un oiseau, dit-on,
Aime à se pavaner, et sans raison se vante :
C'est de là qu'est venu le proverbe gascon.)
Notre geai se croyait au moins l'égal de l'aigle !
Il ne voulait jamais pour ses friands repas
Que le blé le plus fin ; ni l'orge ni le seigle
Ni même le maïs ne lui convenaient pas.

Sa compagne surtout était fort délicate ;
Mais il fallait la voir allant à travers champs !
Elle agitait sa queue et sautait sur sa patte,
D'une façon coquette, attirant les galants !
Le geai se rengorgeait, voyant la cour polie
Qui le félicitait sans cesse sur son choix :
Aussi ne savait-il de l'épouse jolie
Refuser les désirs, très couteux quelquefois.
Et partout l'on disait : « voyez, ô le beau couple !
Ils réunissent tout vraiment pour être heureux !
Et leur nid s'achevait vaste, solide et souple,
Avec un fin duvet pour recevoir leurs œufs !
Mais un jour qu'ils dormaient, insouciants, tranquilles,
Un orage fondit tout-à-coup sur le nid,
Et quand vint le matin, les garçons et les filles
Qui s'en allaient aux champs, virent l'orgueil puni,
Mais bien cruellement ! La foudre sur le chêne
Etait tombée, hélas ! elle avait arraché
La branche avec le nid, brisé la douce chaîne
De leurs tendres amours ! Lucas s'étant penché
Sur les bords de l'abîme, aperçut quelques plumes,
Tristes restes du couple, hier encore si fier.
Et d'un air triste il dit ; ô sort plein d'amertumes !
A l'apparence, hélas ! amis, peut-on se fier ?

A ISID. L.

1er Janvier 186..

Encore une de moins ! une encor de passée !
Notre navire a-t-il, sur l'Océan du temps,
Laissé quelque sillon ? Et notre traversée
S'est-elle, ami, toujours faite avec de bons vents ?

Avons-nous bien toujours dirigé ce navire ?
N'avons-nous point donné quelquefois sur l'écueil,
Et bu de l'onde amère, en homme qui chavire
Parce qu'une sirène a fait trop bon accueil ?

J'ai tort, il ne faut pas parler à la jeunesse,
L'âge des longs espoirs, de regrets superflus ;
Mais il faut au contraire, au sein de son ivresse,
Mépriser les plaisirs qui déjà ne sont plus !

Il faut dans l'avenir lui montrer la fortune,
Semant devant ses pas des plaisirs tout nouveaux,
Eloignant de ses yeux tout ce qui l'importune,
Et la couchant sur l'or après de courts travaux.

Mais encore une fois, tu t'égares, ma muse :

Je voulais simplement dire : soyez heureux ;

Possédez la santé, que jeunesse s'amuse ;

Et voilà que je prêche, au lieu de tous ces vœux !

A QUI S'ADRESSER.

Jadis marchant courbé sous le poids du mystère,
J'interrogeais les cieux, l'océan et la terre.
Je disais : « Savez-vous, astres, d'où l'homme vient ? »
Ils répondaient : « Demande à Celui qui soutient
» L'univers dans sa main ; nous ignorons nous-mêmes
» Pourquoi nous circulons dans ces routes suprêmes,
» Au-dessus de ta tête. » Un autre jour encor
Je disais au soleil : « Monarque aux cheveux d'or,
» Tu vois tout, tu sais tout ; pourquoi sur la planète
» Que tu viens réchauffer, l'homme un instant végète
» Pour s'en aller ensuite en la nuit du tombeau ?
» Nous mourons tous, et toi tu restes jeune et beau ! »
Secouant sa lumière, il répondit : « J'ignore
» Sans trouble les secrets de Celui que j'adore ;
» Homme, fais comme moi ! » — « Je ne peux, j'ai besoin
» De savoir. » Je m'en vais, pensif, m'asseoir au coin
D'une forêt, tout près d'une verte prairie :
On m'expliquera là l'énigme de la vie !
J'aperçois une fleur qui semblait méditer
Au bord d'un clair ruisseau. — « Voudrais-tu m'écouter,

» O fleur, un seul instant ? » — Aussitôt le silence
Se fait tout autour d'elle ; et l'arbre qui balance
Ses rameaux verdoyants, et le ruisseau qui court
Avec un gai murmure, et l'oiseau qui parcourt
Les profondeurs des bois, se taisent à ma vue.
Ils sont touchés du son de ma parole émue.
« Sais-tu pourquoi l'on doit naître, vivre et mourir,
» Petite fleur ? Sais-tu pourquoi l'on doit souffrir ?
» Les astres, le soleil, hélas ! ne peuvent me le dire. »
Voilà qu'elle se met aussitôt à sourire ;
Elle lève la tête et saluant autour
L'arbre, l'onde, l'oiseau saluant à leur tour :
« Tous les jours, me dit-elle, il vient ici deux sages
» Converser près de nous ; l'on voit sur leurs visages
» La douce paix, l'amour qui règnent dans leurs cœurs ;
» Ils te diront très bien pourquoi tu vis, tu meurs ;
» De quel prix sur la terre est la triste souffrance.
» Ils ont un mot bien doux, c'est le mot espérance !
» Ayant dit ce mot là, les voilà tout joyeux,
» Et parlant d'une vie où l'on est bien heureux,
» Où l'on ne perdra point les êtres que l'on aime,
» Où l'homme ne meurt pas et vit avec Dieu même.
» Cela me fait envie à moi, chétive fleur ;
» Cet arbre et moi souvent causons de leur bonheur :
» Viens ici vers le soir, si tu veux les entendre. »
— Aujourd'hui, m'écriai-je, oh ! oui, je veux comprendre

Tous ces secrets. Après, je serai plus heureux,
Il me semble! — Comment les nommes-tu tous deux?
« L'un de Socrate cite à l'autre les maximes,
» Et sa haute raison par des lueurs sublimes
» Est vraiment éclairée! Et moi, j'aime surtout
» L'autre! Il est doux! Il dit qu'aimer est presque tout!
» Il invoque Jésus, ce doux maître de l'homme;
» Il s'incline bien bas, bien bas, quand il le nomme.
» Habitants des forêts, qui ne savons qu'aimer,
» C'est celui-ci surtout qui saurait nous charmer! »
J'allai donc curieux d'entendre ces deux sages,
Et leurs discours bientôt calmèrent les orages
Qui troublaient autrefois mon esprit et mon cœur :
Connaître, aimer, aimer surtout, c'est le bonheur !

A Mlle M. S....

D'un tout petit oiseau nous recevions jadis
Fréquemment la visite ; avec impatience
Nous l'attendions pensant aux mots qu'il avait dits,
Pour donner du retour à nos cœurs l'espérance.

Puis il nous a quittés durant des jours bien longs ;
Il s'était envolé sur un autre rivage ;
Et nous nous désolions, voyant les flots profonds,
Que l'Océan vers lui nous fermât le passage.

Nous étions bien heureux, quand il est revenu,
Et qu'il a témoigné qu'il nous était fidèle...
Mais que de jours passés, sans que rien soit venu
Nous parler d'amitié : serait-il infidèle ?

Ah ! le temps, nous dit-on, emporte dans son cours
Les parfums de la rose et les parfums de l'âme ! —
L'amitié périrait par la fuite des jours ? —
Non, la nôtre du moins entretiendra sa flamme.

Mais il faut pour cela qu'on se parle souvent :
Petit oiseau, donnez, donnez donc des nouvelles ;
Et pour nous visiter, livrez votre aile au vent :
Entre Paris et nous les routes sont bien belles !

A LA MÊME.

L'esprit est un trésor : chacun veut en avoir !
Je l'aime pour ma part ; mais j'aime encor mieux voir
Un cœur sensible et bon. Il s'étudie à plaire,
Non pas, comme l'esprit qui veut se satisfaire
En brillant au grand jour, mais sans nul intérêt,
Libre d'ambition, exempt de tout apprêt.
Quand l'esprit reste froid, le cœur vole et s'empresse ;
L'un amuse un instant, l'autre charme sans cesse.
L'esprit par ses bons mots éloigne quelquefois,
Et le cœur nous retient constamment sous ses lois.
Pour moi, j'aime quelqu'un chez qui l'esprit se cache,
Et dont le cœur d'abord et se montre et s'attache :
Son esprit réservé sait se faire estimer ;
Pour son cœur qui pourrait s'empêcher de l'aimer ?

PARIS.

Là je voulus jadis me tracer une route ;
Mais j'étais repoussé par la foule, et le doute,
Compagnon des refus, vint me décourager :
Quand il serre le cœur, rien, rien qu'on ne redoute ;
    Tout paraît un danger !

Ah ! combien j'ai souffert, Paris, dans ma jeunesse !
Au sein de tes grandeurs, je voyais la détresse
Menaçant de m'ôter le pain du lendemain ;
Je voyais, tout tremblant, au sein de ton ivresse,
    Surgir le spectre de la faim !

Durant près de dix ans, je languis dans l'attente :
Le jour, suivant les pas de l'espoir qui me tente ;
Pleurant la nuit l'affront de ces refus subis,
De ces airs dédaigneux, de la voix insolente
    De ces heureux que j'ai maudits !

Ah ! mon ambition, facile à satisfaire,
Ne demandait pourtant qu'un bien faible salaire

Pour un travail utile, en un modeste emploi;
J'avais de la douceur et je cherchais à plaire,
  Mais tout fut obstacle pour moi!

Il faut, pour réussir à Paris, de l'audace;
Devant un front hardi tout obstacle s'efface :
Mais malheur à celui dont la timidité
D'un voile de sottise a recouvert la face!
  Il est de partout rejeté!

Jeunes gens, n'allez pas poursuivre la fortune
Dans ces lieux où l'aspect du malheur importune,
Où ce qui brille, seul, attire les regards
Et l'estime, mais où, pour la morne infortune,
  On n'a jamais, hélas! d'égards!

Le talent ne saurait y donner une place,
Et les mœurs n'y sont rien : là l'intrigue remplace
Et les dons de l'esprit et les humbles vertus,
En laissant bien souvent après elle une trace
  De boue à des fronts confondus!

Sur cette vaste mer où ma barque déploie
Sa voile déchirée, où mon âme se noie
Au sein des flots amers, muses, vos seuls appas
Ont fait luire à mes yeux quelques rayons de joie
  Car vous ne me repoussiez pas!

5

Je me souviens de vous, heures délicieuses,
Où j'écoutais ravi leurs voix mélodieuses,
Lorsque mon faible esquif à leur temple abordait,
Qu'au pied de leurs autels, près des âmes pieuses,
　　　Mon pauvre cœur se reposait !

J'oublie ainsi mes maux dans leur charmant commerce :
Chacune tour-à-tour et m'appelle et me berce
Dans ses bras caressants, afin de me calmer :
Elle endort un moment la douleur qui me perce,
　　　Et mon cœur se sent ranimer.

Ah ! pour ces plaisirs-là, Paris, je te pardonne
Cet affreux cauchemar qui quelquefois bourdonne
A mon oreille encor, où je désespérais
Qu'aucun de ces doux biens que le bon Dieu nous donne
　　　Ici bas m'appartînt jamais !

ODE SOCIALE.

Mes chers amis, posez l'oreille contre terre :
Qu'entendez-vous? — Un bruit... un bruit sourd et lointain !
— Ecoutez, écoutez ! — On entend la prière
D'une cloche fort loin, l'Angelus du matin.

Ecoutez bien encore ! — Un prêtre dans l'église
Disant la messe basse avec dévotion —
Quelque pieuse fille allant, malgré la bise,
Afin de prendre part à la communion.

Vous n'entendez plus rien ? — Un laboureur qui chante,
Puis un autre qui rit, en se rendant aux champs —
Un chariot qui va, de sa marche pesante,
Ecrasant les cailloux — et des troupeaux bêlants ! —

Des génisses aussi sortant dans la prairie —
Les laitières qui vont leur demander leur lait.
Tout paraît rassurant, depuis la voix qui prie
Jusqu'au chant matinal du pâtre satisfait.

Ecoutez bien toujours ! — Oh ! mais... c'est une orgie
Qui va bientôt finir, cessant avec la nuit !
— Qu'y dit-on ? — Qu'il faudrait égorger la régie,
N'épargner aucun roi ni prêtre : hélas ! quel bruit !

Restez pour écouter jusqu'à ce qu'ils s'en aillent. —
On n'entend maintenant que bruits étourdissants,
Comme de chiens hargneux et d'oiseaux qui piaillent —
Des blasphèmes parmi — puis des cris menaçants !...

On entend des poignards : hélas ! ils s'entretuent !
Mais où s'égorge-t-on ainsi ? — Vous le saurez
Demain... demain, amis, ces hommes qui se ruent,
Féroces, l'un sur l'autre, au front vous les verrez !

Ils y portent écrits en sanglants caractères
Ces trois mots : *liberté,* douce *fraternité,*
Divine *égalité* : mais leurs affreux repaires
Montrent à nu leurs cœurs... hideux en vérité !

Prenons bien garde à eux ! Ces loups qui se dévorent,
Nous ménageraient-ils ? Le riche périrait ;
Le sage, le savant, le prêtre qu'ils abhorrent —
Pour égaliser tout — tout à la mort irait !

Malheur, trois fois malheur à notre pauvre France,
S'ils pouvaient la surprendre endormie un seul jour !
Oh ! nous verrions alors la mort en permanence
Leur préparer partout des festins de vautour !

Malheur, trois fois malheur, si la douceur trompeuse
D'une voix de sirène attirait sur l'écueil
Notre vaisseau lassé par la vague houleuse !
Il sombrerait bientôt, nous servant de cercueil !

Veillez bien, matelots ; toi surtout, capitaine,
Ne dors point au tillac, ni les nuits ni les jours :
Car trente millions de Français fort en peine,
Après Dieu, n'ont d'espoir, hélas ! qu'en ton secours !

VŒUX POUR UN POÈTE.

1er Janvier 186..

Salut, fille du temps, salut, nouvelle année !
Si tu veux dans mes vers être toujours louée,
Rends mon poète heureux, dicte lui de beaux chants ;
Qu'il nous fasse pleurer par des récits touchants,
Ou bien, s'il l'aime mieux, que sa lyre s'égaie,
Nous amuse parfois d'une satire gaie,
Ou d'un conte breton ! sème partout les fleurs
Sur chacun de ses jours ; écarte les douleurs
Qui plongent l'âme, hélas ! dans la mélancolie ;
Donne lui le vin pur, épargne lui la lie ;
Sois pour son cœur sensible un éternel printemps
Emaillé de beaux vers et de doux sentiments !
Et si sur notre corps s'exerce ta puissance,
De la belle santé qu'il possède l'essence !
Une âme saine, a dit le poète romain,
Sans un corps bien portant s'animerait en vain ;
Ou bien l'ardente épée userait de sa lame
Le trop faible fourreau : pour une forte flamme
Fais un foyer solide ! Ah ! rends les airs plus doux,
Le ciel plus pur aussi, je t'en prie à genoux,

Afin que plus souvent notre poète vienne
Visiter ses amis, et qu'il nous entretienne
De ce qui, comme à lui, nous donne le bonheur !
Exauce, ô bonne année, un vœu parti du cœur !

AVIS A UN POÈTE.

SONNET.

Quoique vous ressentiez la flamme qui consume
Les éléments impurs dans le buisson ardent;
Quoique vous possédiez le miroir qui résume
L'univers tout entier en un tableau parlant;

Quoique votre bon cœur s'adresse à votre plume,
Pour qu'elle anime au bien l'homme sot et méchant;
Quoique votre génie assez souvent allume
Un phare qui pourrait éclairer l'ignorant;

Quoiqu'enfin vous ayez la belle poésie,
Cette lampe brillant en une âme choisie,
Pour guider vers le ciel tous les pas d'un mortel;

Gardez-vous de jamais publier une rime;
Parlez tout bas pour vous cette langue sublime :
Car peut-être on rirait du poète immortel !

UN PETIT ENFANT A SA MAMAN

POUR LE JOUR DE SA FÊTE.

Pour ta fête, maman, Paul voudrait bien te dire,
Un joli compliment;
Mais ton pauvre petit sait seulement sourire,
Quand il est bien content.

Il ne peut pas encore exprimer bien des choses
Qu'il pense dans son cœur :
Un jour tu les sauras! en attendant ces roses
Te porteront bonheur !

Un baiser, s'il te plaît, la douce récompense
De ton petit enfant :
Que c'est joli, ta fête! ah! Paul a l'espérance
De la revoir souvent!

A Mlle B. M...

SOUVENIR DE PENSION.

Vous m'avez demandé, sans consulter ma force,
Un souvenir en vers, — fleur secrète du cœur,
Ne cueille pas qui veut, cette fleur ! — Je m'efforce
Pourtant de la saisir, malgré cet air moqueur
De bien des gens qui vont disant : gare l'épine !
Peu m'importe pour vous de me blesser les doigts,
Et de m'en revenir même tout en ruine :
Mais je fais cet effort pour la dernière fois.
O Muse, laisse-nous rappeler les années
Où je guidais l'enfant dans les sentiers fleuris,
Quand elle admirait tant les roses parfumées
Qu'on trouve sur les pas de tous tes favoris !
Elle était la première à former des couronnes
De ces chants du poète, à les garder longtemps,
A faire son profit des biens que tu nous donnes,
Quand nous sommes encor aux beaux jours du printemps ;
Elle était la première à mettre dans son style
Ces charmantes couleurs dont l'univers est peint,
A décorer de fleurs une pensée utile,
A tracer un paysage, un portrait bien dépeint.

Ses compagnes disaient : « Oh! commencez par elle! »
On était attentif, comme pour un auteur ;
On murmurait tout bas : « Cette phrase est bien belle!
» Elle a beaucoup d'esprit! cela va jusqu'au cœur! »
Et moi, j'étais bien fier, car c'était mon élève!
Le temps, pour moi du moins, a bien vite passé :
A notre cœur, hélas! il n'est rien qu'il n'enlève ;
Mais le souvenir, lui, ne peut être effacé.

LE SIX AVRIL 1859.

C'est aujourd'hui le six d'avril : le doux printemps,
Après être apparu chez nous quelques instants,
S'en était retourné loin de notre contrée,
Laissant la terre, hélas! presque à moitié parée
Par les fleurs du pêcher et du gai violier :
Et l'hiver aussitôt, comme un rude geôlier
Qu'on a mis à la porte, était rentré de force,
Avait tué l'insecte éclosant sous l'écorce,
Gelé la pauvre fleur aspirant à l'hymen,
Commencé de brûler les pouces du jasmin,
De la vigne, et déjà s'en allait l'espérance,
Car l'on nous annonçait que partout dans la France
Le mal était très grand! Mais voici que le ciel
A changé tout-à-coup, qu'en un jour le soleil
Jusqu'au pôle a chassé l'hiver et la gelée,
Que la terre apparaît soudain renouvelée,
Que l'insecte bruit, que l'homme est radieux,
Et que la fleur sourit en revoyant les cieux.
Chacun de nous disait : « Printemps, arrive vite,
» Arrive, mais surtout du rude hiver évite

» La rencontre et reviens par un autre côté. »

Il l'a fait et si bien que nous avons l'été.

Avril est tout surpris de sa chaleur brûlante ;

Réaumur voit monter sa colonne tremblante,

Aussi haut qu'en juillet. Aussitôt, au hasard,

Les fleurs de se hâter, se croyant en retard.

Pauvres enfants, qui sait ? Elles seront peut-être

Victimes de ces feux qui les font reparaître,

Car le temps est semblable aux hommes en tout point :

Êtres charmants d'un jour, ne vous y fiez point !

Il faut une saison encor plus avancée

Pour que votre beauté ne soit point menacée :

Je crains pour vous ces froids qui glacent votre cœur,

Je crains le laid hiver et son rire moqueur.

Mais vous ne pouvez pas résister au sourire

Du zéphyr caressant, et l'on vous entend dire :

« Ah ! dussé-je en mourir, je veux, je veux briller ! »

Brillez donc, belles fleurs, et venez parfumer

Nos jardins et nos champs ; qu'avril vous soit propice,

Et que l'aimable mai soit pour vous sans malice !

RECONNAISSANCE.

Lorsque l'astre des cieux a réchauffé la terre
De sa douce chaleur, on voit dans un parterre,
Dès le matin, vers lui, les fleurs avec amour
Tourner leur sein ouvert où brille la rosée,
Et leur tige qui s'est dans la nuit reposée,
  Pour le bénir de son retour !

L'oiseau qui dans l'hiver n'avait plus de verdure
Pour se mettre à l'abri, qui sur la terre dure
Trouvait à peine à faire un bien chétif repas,
Célèbre maintenant le soleil dès l'aurore,
En bâtissant son nid, et le célèbre encore
  Le soir par de joyeux ébats !

L'oiseau par sa chanson, la fleur par son sourire,
Ne nous disent-ils pas : homme, prends donc ta lyre,
Pour redire avec nous les bienfaits du seigneur !
Mais l'homme est resté sourd à la reconnaissance :
Ah ! qu'il est beau pourtant l'hymne à la Providence
  Que l'oiseau chante avec la fleur !

La nature pour nous vainement multiplie
Ses leçons : voyez donc, jamais le chien n'oublie
La main qui l'a nourri, la main qui l'a flatté !
Dans ses regards on voit se peindre sa tendresse
Envers son bienfaiteur que sans cesse il caresse,
      Sans pouvoir être rebuté !

Mais nous, ingrats humains, le bienfait humilie
Notre orgueil ; ce poison dont notre âme est remplie,
D'un service rendu nous fait bientôt rougir ;
De notre bienfaiteur nous fuyons la présence ;
Nous bannissons bien vite avec impatience
      Son image et son souvenir !

Où la reconnaissance aura-t-elle un asile
Parmi nous ? Où trouver un cœur calme et tranquille,
Comme la mer d'azur, réfléchissant les cieux,
Qui du bienfait aussi réfléchisse l'image,
Sans que dans ce miroir le souffle de l'orage
      Puisse l'effacer à nos yeux ?

Ah ! ce n'est point le cœur où règne l'avarice,
Car il ne sait aimer que l'argent, son supplice ;
Et ce n'est point non plus le cœur ambitieux,
Car il compte pour rien les places obtenues :
Il veut monter, monter, même au-delà des nues,
      Dans son essor impétueux.

Il lui faut pour asile une âme qui soit fraîche,
Comme la fleur des champs; que nul vice n'empêche
D'aimer et de chanter, comme le jeune oiseau;
Qui puisse refléter, ainsi que l'eau tranquille,
Les traits d'un bienfaiteur, dans un cœur non servile,
Jusqu'au bord même du tombeau!

A UN PROPRIÉTAIRE.

Vous vous plaignez, ami, d'être propriétaire,
D'avoir un revenu de maisons et de terre ;
Vous seriez plus heureux avec des capitaux,
Car l'argent, dites-vous, rapporte un plus haut taux :
On peut placer à cinq, plus même sans usure ;
Puis l'on paie aujourd'hui des impôts sans mesure ;
Ensuite il faut compter les réparations,
Qui pourraient absorber même des millions ;
Puis on se croit tranquille, et voilà qu'une plainte
D'un voisin chicanier vous fait chanter complainte.
Enfin l'on est chargé d'embarras et d'ennuis ;
On ne repose point ni les jours ni les nuits !
Vous regrettez alors le temps de la jeunesse
Où l'on vit sans souci, même dans la détresse,
Tandis que maintenant vous craignez les voleurs,
Les fermiers, les huissiers, les mauvais débiteurs,
Et les impôts nouveaux ! oh ! vous êtes à plaindre
Certainement, mon cher, et je commence à craindre
Que la propriété n'ait dans votre raison
Produit quelque désordre, ainsi que dans Proudhon !

6

Il n'a pas plus que vous vraiment d'horreur pour elle ;
Ce philosophe, hélas ! dès longtemps la querelle,
Il dit que c'est le vol ! A vous entendre, vous,
Vous êtes le volé ! Calmez votre courroux :
Raisonnons un instant ensemble, je vous prie ;
Faisons trève du rire et de la raillerie.
— Dites : ne vaut-il pas mieux posséder du bien
Que d'être, comme Job, après qu'il n'eut plus rien ?
— Oui. — Premier point. — Un bien toujours solide et stable
N'est-il pas à l'argent mille fois préférable ?
— Oui ; vous en convenez. — Et si ce bien subvient
A fournir largement à tout votre entretien,
Quoi ! ne devez-vous pas, sans nulle inquiétude,
Garder ce qui serait une béatitude
Pour tant de pauvres gens ? — Vous vous dites vaincu
Seulement en partie, et non point convaincu
Tout-à-fait sur ce point ; car votre âme est troublée
Des réparations, des procès, et d'emblée
Vous vous croyez perdu ! — Les réparations,
Mon cher, donnent du pain à plusieurs millions
D'ouvriers ; ce serait avoir l'âme cruelle
Que de leur retrancher la source la plus belle
De leur pauvre existence ! Eh bien, considérez
Cela comme une aumône, et bientôt vous verrez
Que l'on a du plaisir à faire une dépense,
Lorsque d'un ouvrier cela remplit la panse.

Quant aux procès, on peut les éviter, mon Dieu !
Soyez juste partout ; ne donnez jamais lieu
A quelqu'un d'attaquer ; et même en Normandie,
Vous pourrez vivre en paix, sans que jamais l'on die
Que vous avez reçu telle assignation ;
Sans qu'on ait intenté la plus simple action
Contre vous. Mon ami, laissez-là votre loupe
Qui grossit beaucoup trop ; venez vider la coupe
Qui chasse les chagrins, chez votre serviteur ;
Vous êtes, vous savez, aussi mon débiteur !
Alors j'achèverai, mauvais propriétaire,
De chasser votre humeur contre maisons et terre.

LA MAJORITÉ.

SONNET.

Dans notre vie est mise un jour une limite,
Qui prévient les passants que l'on n'a plus de droits
Sur nos biens ni sur nous, et que nous sommes rois
Par l'âge et par le temps, sinon par le mérite.

Aujourd'hui treize août! notre amitié m'invite
A consacrer ce jour ! Mais parce que je crois
Que ce qu'on gagne alors vaut moins que ce qu'on quitte,
Malgré tous mes efforts, mes vers vont être froids !

C'est si bon, selon moi, de n'être point son maître!
Très peu d'enfants seront de cet avis peut-être;
Mais ils en sentiront un jour la vérité !

Pour vous, vous y tenez bien peu, chère Emilie :
D'ailleurs vous n'avez rien qui vous gêne et vous lie,
Pour désirer beaucoup votre majorité.

POÉSIE.

Pour bannir mes ennuis, voilà quelques années,
Je fis des vers : soudain mes peines terminées
Me laissèrent heureux, le front épanoui,
Cherchant de quel côté s'était évanoui
Le chagrin, quel qu'il fût, auquel j'étais en proie :
Au lieu de lui c'était maintenant de la joie,
Du bonheur! Je me dis : « Hélas! si j'avais su
» Plus tôt! » Quoique du ciel nous n'ayons point reçu
L'influence secrète, en bien des circonstances,
Nous aurions du chagrin vaincu les résistances
En cueillant quelques fleurs, chétives, si l'on veut :
Mais pour cela l'esprit s'agite, autant qu'il peut;
Et, dans ses mouvements, enfin, il se décharge
Du poids qui l'accablait; et puis libre il se charge,
Comme l'abeille aux champs, d'un tout autre fardeau,
Dont il fait un doux miel! C'est si bon et si beau
De glaner la moisson après un Lamartine,
Un Homère, un Sheaspeare, un Virgile, un Racine,
Et de faire une gerbe avec quelques épis
Ramassés brin à brin. Quand je suis bien épris

De leur art, il me semble être d'un autre monde,
Où l'on vit sans souci dans une paix profonde,
Où l'on voit un soleil qui rit toujours aux fleurs,
Où l'on trouve dans tout du charme, même aux pleurs.
Comme je dis alors avec plaisir : « O terre,
» Adieu ! je pars, je vais dans cette belle sphère,
» Bien plus belle que toi ! Là jamais d'ennemis !
» Là jamais d'ennuyeux ! tous visages amis !
» On cause étant assis sous des charmilles vertes ;
» Les cœurs sont transparents et les maisons ouvertes.
» Les Muses, tour à tour, viennent sur le gazon
» Pour chanter ou danser ; et l'austère raison,
» Donnant alors la main à l'esprit qui veut rire,
» S'anime par degrés et se met à sourire.
» Là le petit enfant rit, s'amuse toujours ;
» On n'y voit point pleurer jamais les doux amours ;
» La mère avec des fleurs tout fraîchement cueillies
» Tresse pour ses petits des couronnes jolies,
» Tandis que couronnés de leurs beaux cheveux blancs,
» Les vieillards radieux, à leurs petits enfants
» Grimpés sur leurs genoux, racontent des histoires,
» Non de guerre, de crime et d'aventures noires,
» Mais des jeux, des plaisirs qu'ils ont goûtés jadis ! »
Ce séjour, voyez-vous, est un vrai paradis !
O toi qui m'introduis quelquefois à l'entrée
De ces divins bosquets, mon âme pénétrée

De tes bienfaits sera, pour jouir de tes appas,
Pour t'offrir mon encens, constamment sur tes pas :
Plus belle que Vénus, plus douce que les Grâces,
Avec toi l'on ne craint nullement les disgrâces
Des hommes, et des cieux où sont tous tes amis,
On voit avec pitié s'agiter ces fourmis.

A M. L....

1er Janvier 186..

Mon bon ami, voilà déjà bien des années...
Dans la petite ville où nos deux destinées
Nous ont fait rencontrer... Nous nous réunissions
Toujours à cette époque ; ensemble nous fétions
Et le premier de l'an et la fête des Mages...
Nous aimions vos enfants, vous nous en souhaitiez ;
Et d'un tout nous faisions vraiment les deux moitiés :
Le temps, hélas ! depuis a fait bien des ravages.

Mais à quoi bon se plaindre ? il est sourd à nos cris !
Il nous emporte tous, lorsque notre heure sonne ;
Il effeuille les fleurs, sépare les amis,
Et nous prend nos enfants : il ne veut pour personne
Arrêter un instant l'heure que son doigt marque
Sur l'horloge fatale... Il le faut, il le faut !
Il s'en va fauchant tout, en prononçant ce mot,
A travers tous les rangs, du berger au monarque.

Ami, que fais-je donc ? Chacun se réjouit !...
Chacun fête en ce jour !... Hélas ! de ma tristesse
Je viens vous accabler, quand avec allégresse
Partout, dans chaque rue, on n'entend que le bruit

De ces beaux compliments, de ces souhaits sincères !...
Pardonnez... je ne puis, en pensant au passé,
Retenir une larme : oh ! qui n'en a versé,
En ce temps, sur la fin d'heures courtes et chères !

Mais il faut prendre enfin un visage riant,
Laisser pour un moment, dans nos âmes troublées,
S'endormir le regret de ces fleurs effeuillées,
Et bâtir pour nous tous un avenir brillant.
Brillant — non point vraiment, comme l'entend le monde ! —
Brillant par la santé, ce qui vaut beaucoup mieux,
Et brillant par l'aisance, autre don précieux :
Enfin, mes chers amis, qu'en tout Dieu vous seconde !

LE LIS DANS LA VALLÉE.

Loin des regards de l'homme, il est dans la vallée
Un lis éblouissant, dont le calice pur
N'a pas la moindre tache, et dans l'herbe perlée
Qui l'entoure, on ne voit trace d'un pied impur.

Celui qui par hasard, dans cette solitude,
Aperçoit le lis blanc, s'arrête émerveillé,
Et regarde de loin : il sent l'inquiétude
Que sa présence cause au beau lis éveillé.

Lesi oiseaux voltigeant près de la fleur jolie
Sont si beaux qu'on dirait oiseaux du Paradis.
On les entend chanter : y toucher, c'est folie !
Qui charmerait nos cœurs, si nous perdions ce lis ?

Les rayons du soleil le respectent eux-mêmes :
Ils craindraient trop, hélas ! par leurs feux dévorants,
De flétrir son calice et ses traits doux et blêmes,
Et de détruire ainsi la grâce du printemps !

Les vents passent souvent au-dessus de sa tête,
S'en allant vers les champs fouler plus d'un sillon :
Lui s'est mis à l'abri des coups de la tempête,
En fixant son séjour dans le fond d'un vallon.

SUR LES ESPRITS FRAPPEURS.

SONNET.

Qui t'a donné, Médée, une telle puissance?
Chaque soir, vers minuit, nous sommes tout surpris
De voir nous apparaître, à ta voix, des esprits :
Et cependant tu sors à peine de l'enfance !

Seraient-ce les démons qui t'auraient donc appris
A convoquer les morts d'un air plein d'assurance,
A les interroger, pour savoir ce qu'on pense
Dans le sombre séjour où Pluton les a pris?

Ou bien est-ce un secret que tu tiendrais d'un ange
Voyageant tout exprès de Paris jusqu'au Gange,
Pour loger dans le bois tous ces esprits frappeurs?

Ou bien serait-il vrai, comme a dit une dame,
Qu'aucun esprit ne vient, soit en corps, soit en âme,
Et que tes genoux sont des esprits les auteurs?

LA MORT DE WEBER.

A G. R.........

Il venait de donner sa dernière pensée ;
Nous écoutions l'écho de ses derniers soupirs :
Et cependant, hélas ! notre âme était bercée
De l'espoir qu'il vivrait encor pour nos plaisirs.

Les danseurs se disaient : « A la valse, bien vite !
« Oh ! partons deux à deux ! venez, jeune beauté !
« Pourrions-nous résister, quand Weber nous invite ? »
Et les couples partaient d'un pas précipité.

Mais, pendant ce temps-là, Weber quittait la terre !
Avec les fils de l'air Obéron le pleurait ;
Et dans les bois aussi, d'une douleur amère
Atteint au fond du cœur, Robin se désolait.

Le lendemain du bal, la funeste nouvelle
A la joie en tous lieux fit succéder le deuil.
Et même on entendit, sur la harpe immortelle,
Les anges qui pleuraient auprès de son cercueil.

Ah ! ne le pleurez pas, dit aussitôt la gloire !
Quoique jeune, il est mûr pour l'immortalité :
Moi, je me chargerai du soin de sa mémoire,
Avec le roi des airs qu'il a si bien chanté.

AU RETOUR DE PARIS.

EN CHEMIN DE FER.

Je t'ai revu, Paris, avec indifférence ;
Tes palais, tes grandeurs ne peuvent me toucher :
    Le plus petit coin de la France,
Le plus petit village et son simple clocher
Conviennent beaucoup mieux à ma modeste aisance.

Je te quitte, Paris, avec bien du plaisir,
Car je ne puis souffrir tous ces bruits de la foule :
    Non, pour moi mon plus grand désir,
C'est de voir dans les champs un ruisseau qui s'écoule ;
J'y resterais toujours si je pouvais choisir !

A Mlle X.

SONNET.

Tu veux partir, ô vers, pour porter un message ;
Mais aux fils d'Apollon je n'ose point me fier :
A mon âge, vraiment, il est bon d'être sage,
Et de ne plus noircir un indiscret papier !

Tu ne veux rien entendre, ô pauvre oiseau volage !
Soit : c'est le jour de l'an, je vais donc te confier
Un mot pour elle... un mot ! je ne puis davantage ;
Mais ce mot vient du cœur et vaut un livre entier !

Prends ton vol, et t'en va trouver mon Emilie :
C'est une jeune fille agréable et jolie,
Avec qui j'aime bien à causer, à jaser !

De ton air le plus doux approche tout près d'elle,
Et dis, en effleurant son front pur de ton aile :
« Voulez-vous accepter de sa part un baiser ? »

DE LISIEUX A HONFLEUR.

DANS LA VOITURE.

11 Avril.

Je suis seul dans la voiture,
Que faire? Achever ma nuit,
Ou contempler la nature?
Voici que le soleil luit,
Et que le brouillard s'enfuit,
Voyons la belle verdure!...

Elle paraît argentée,
Brillante de diamants :
Que c'est beau dans la vallée !
Les plus généreux amants
N'offrent point des ornements
Pareils à leur fiancée !

Une rivière serpente
Là bas, comme un blanc cordon ;
Elle suit sa douce pente,
Ainsi qu'un cœur tendre et bon :
En passant elle fait don...
Don d'une herbe verdoyante.

7

Moi, dans les lieux où je passe
Fais-je quelquefois du bien!
Ah! sous mon pas qui s'efface,
Je n'ai souvent laissé rien,
Pas même un tout petit lien
Pour faire trouver ma trace!

J'aime beaucoup les collines
Qui bornent cet horizon ;
Elles ont l'air de ruines
Encor en cette saison :
Mai seul donne la toison...
La toison des aubépines !

L'atelier de la nature
Leur fait leur robe de fleurs ;
On prépare leur parure ;
Et l'aurore par ses pleurs
Donne les vertes couleurs
A la sève qui s'épure.

Je vais vous perdre de vue
Bientôt, ô charmants coteaux :
Adieu ! votre heure est venue
De vous faire beaux, très beaux :
Mais moi, je pense aux tombeaux,
Car ma jeunesse est perdue !

VIVRE !

Qu'est-ce que vivre donc ? — Laissez-là ce mystère,
Nous dit-on. — Je ne puis : bon pour le végétal ;
Bon même pour la brute, asservie à la terre,
Qui, sans penser, du sort subit le joug fatal !

Celui qui se possède, aurait-il la folie
De n'y penser jamais, même pendant les nuits ?
Sa raison serait-elle assez ensevelie
Dans le linceul amer des soins et des ennuis ?

Nous sommes accablés par le poids des affaires,
Disent grands et petits, monarques et bergers ;
Et l'on voit s'agiter ces fourmis éphémères
Pour chercher de quoi vivre au travers des vergers.

On les voit entasser, les uns de l'or en piles,
Les autres des hochets qu'ils appellent honneur,
Renommée ou crédit, puis autres choses viles ;
Et sur leurs pas souvent marche le déshonneur !

Les puissants, attelés à des charges pesantes,
Sont joyeux des joujoux pendants à leurs côtés,
De leurs lauriers flétris aux feuilles chancelantes :
Ils traversent ainsi d'un air fier nos cités.

Les faibles, les petits, traînant moins lourdes charges,
Veulent qu'on les regarde aussi, et que des mains
On batte à leur approche... O mort, tu les décharges,
Sans qu'ils aient seulement songé... pauvres humains !

Le vent ne dure pas toujours, et la tempête
Se calme enfin ; l'oiseau cherchant d'autres climats,
Dès qu'il voit l'air plus doux, se repose et s'arrête ;
Et le printemps succède aux rigoureux frimas.

Mais l'homme va sans cesse, épuisé de fatigue,
Dans le vaste désert poursuivant le bonheur :
Il marche sur la terre et puis après navigue,
Esclave et vain jouet d'un mirage trompeur.

Arrête donc, vieillard, et regarde ton âge :
Oh ! tâche un peu de vivre avec toi quelques jours !
— Que faut-il pour cela ? — Peu de chose, être sage,
Prier et du Seigneur implorer le secours !

Mais il vaut mieux placer dans une bonne terre
L'arbre tout jeune encor, que quand il a vieilli.
Allons, mon cœur, bien vite à l'œuvre, et je l'espère,
En Dieu je trouverai l'espérance et l'oubli.

A Mlle H.....

Vous m'avez dit souvent, pendant ces deux hivers,
« Eh bien! ce soir, lisez, lisez-nous quelques vers! »
J'obéissais, voilà pourquoi je suis poète!
Ma bouche auparavant sans cesse était muette;
Mon cœur était ému, mais ne le disait pas;
Et je m'entretenais alors tout bas, tout bas,
Avec les sentiments qui pénétraient mon âme.
Jamais je ne laissais apercevoir la flamme
Qui brûlait au dedans; on n'eût pu soupçonner,
A moins que mes regards ne fissent deviner,
Si d'un plaisir secret j'avais la jouissance,
Ou si d'un bien futur je goûtais l'espérance.
Jamais je n'avais dit tout haut ce que je crois,
Et ce que je regrette. Eh bien! à votre voix,
Je sors de ce silence, et prenant une lyre,
Tantôt je me réjouis et tantôt je soupire,
Dans un vers franc, sincère et qui n'a peur de rien,
Mais qui dit mal, hélas! ce que je sens si bien!
Je n'osais point avant répondre à la nature,
Quand elle me parlait, avec sa voix si pure,

De l'oiseau qui bâtit son nid dans le jasmin,
Du ruisseau qui s'enfuit tout le long du chemin,
Des boutons du rosier, berceau de la plus belle
Des filles du printemps, et de mon hirondelle
Qui reviendra bientôt me parler des climats
Où l'avaient exilée au loin les durs frimas.
Mais je suis tout-à-fait familier avec elle;
Maintenant, ô nature, hardiment je t'appelle,
Afin de m'expliquer tous tes divins secrets,
Pour m'apprendre comment le blé pousse aux guérets:
Pourquoi, pendant les nuits, le doux rossignol chante,
Et l'insecte bruit; pourquoi l'homme seul tente
De changer la nature et faire mieux que Dieu.
J'ose dire au soleil : « Salut, bel astre, adieu ! »
Je m'adresse aux forêts, aux champs, même aux étoiles :
Êtres mystérieux, je soulève vos voiles !
« Causons, petit grillon, dis-je, au milieu des bois :
» Es-tu soumis aussi, comme nous, à des lois?
» Connais-tu bien celui qui t'a donné la vie? »
Je l'entends qui répond : « Sans cesse je publie
» Ses bienfaits. » — Puis je vais m'adresser à la fleur,
Se balançant plus loin d'un petit air rêveur :
« Connais-tu bien l'hymen, fleur? » Elle de sourire,
Et de dire aussitôt : « O roi de cet empire,
» Tu n'a pas seul du ciel reçu le don d'aimer;
» Zéphire vient ici souvent nous animer

» Par ses jeux. » — Je fais plus ; semblable à Prométhée,
Je m'élance d'un bond vers la voûte éthérée :
Mais nul mot ne pourrait rendre ce qu'on a vu ,
Quand on a sur le seuil seulement entrevu
Le Seigneur, et qu'on sent une seule étincelle
De ce foyer d'amour qui brûle et renouvelle.
Le poète seul ose ainsi parler sans peur
A la nature, à Dieu ; seul il a ce bonheur !
Sans vous pourtant ma langue à mon palais fixée
N'aurait donné jamais un corps à ma pensée ;
Mes sentiments, restant étouffés dans mon cœur,
N'auraient point au dehors volé de fleur en fleur.
Vos encouragements ont éveillé ma lyre ;
Elle aimera toujours, toujours à le redire.

DIVES.

J'ai chanté déjà dans les vers,
Que m'a dictés ma pauvre muse,
Quand avec elle je m'amuse,
Mille lieux, mille objets divers;
Et je t'avais oublié, Dives,
Toi que j'adorais autrefois
Et qu'avec plaisir je revois
Toujours sur tes charmantes rives!
C'est là que je passai pourtant
Les jours de ma première enfance,
Ces jours d'une heureuse ignorance,
Près de parents que j'aimais tant;
C'est là que d'un pauvre et bon maître
Je reçus les simples leçons,
Avec tous ces petits garçons,
Que je ne pourrais reconnaître.
Le temps nous a tous éloignés :
Les uns sont enfants de Bellone,
Ils aiment le clairon qui sonne,
Les combats chers à nos guerriers;

Les autres, montant un navire,
Luttent contre les flots, les vents,
Car Neptune, n'étant pas grands,
Les enleva dans son empire;
D'autres sont livrés aux hasards
Et du commerce et des affaires;
Un ou deux, je crois, sont notaires;
Aucun ne cultive les arts.
Moi seul à la muse classique
J'ai consacré tout mon printemps;
Et je professe dès longtemps
Les lois de l'austère logique.
Parler de tes enfants chéris,
C'est te faire un plaisir extrême,
Oh! n'est-ce pas? Mais de toi-même
Je veux parler, ô mon pays!
Si l'on s'eu rapporte à l'histoire,
Tu vis depuis plus de mille ans;
Tu comptais beaucoup d'habitants;
Ton passé ne fut pas sans gloire :
Guillaume, dans ton port, dit-on,
S'embarqua, quand de l'Angleterre
Il alla conquérir la terre.
Tu portais déjà ce beau nom
Qui semble annoncer la richesse.
Si tu n'as pas des mines d'or,
Tu tiens un plus riche trésor
Dans ces marais à l'herbe épaisse

Que la Dive au cours sinueux
Baigne de ses ondes limpides,
Et que de leurs bouches avides
Paissent les beaux troupeaux de bœufs.
J'aime à les voir dans tes prairies,
Du haut de tes charmants coteaux,
Où murmurent mille ruisseaux
Coulant vers les plaines fleuries;
De loin j'aime à les voir errer,
Depuis le mois où la belle nature
Reprend sa robe de verdure,
Jusqu'à ce qu'on fasse rentrer,
Faute d'herbe, dans les étables,
Ceux qui trop lents à s'engraisser,
Laisseront les glaces passer
Avant d'aller couvrir nos tables.
Bien souvent mes regards charmés
Suivaient les collines lointaines,
Dans lesquelles tes vastes plaines,
Tes heureux champs sont enfermés.
Souvent de la falaise ardue,
Aux flancs déchirés par les flots,
Le spectacle des grandes eaux
Inspirait à mon âme émue
Les graves pensers; ma raison
Cherchait à percer les nuages
D'un autre Océan sans rivages,
Dont rien ne borne l'horizon :

L'infini dont j'avais l'image
Alors sous les yeux, s'entr'ouvrait
Devant mon esprit qu'il charmait !
Que l'homme n'est-il toujours sage,
Ainsi qu'en ces moments trop courts
Où, dans l'heureuse solitude,
Il se livre à la douce étude
Qui seule console ses jours !
Oh oui ! j'irai rêver encore,
O mon pays, sur tes coteaux !
Oh ! que je les trouve donc beaux,
Lorsque le soleil les colore,
A la fin d'un jour de beau temps,
A cette heure délicieuse,
Où la nue alors lumineuse
Fixe les flots étincelants,
Quand la nature recueillie
Redit la prière du soir,
Qu'à l'Orient un voile noir
S'étend sur la terre endormie.
Assis sur ces rocs sourcilleux
Qui bordent tes heureux rivages,
Je contemplé dans les nuages
Ces combats de géants affreux,
Ces châteaux dont l'aspect varie,
Ces forêts flottant dans les cieux,
Et ces paysages merveilleux
Se mirant dans l'onde ravie.

Mais je l'avoue, ò mon pays,
Je n'aime pas tout ce beau monde
Qui vient se baigner dans ton onde,
Et s'ennuyer loin de Paris.
On jouit peu de la nature,
Au sein de leur société :
Ils ont tous un air hébété,
Et font entendre un long murmure
Plus triste que celui des flots.
Oh ! chasse-les, je t'en supplie,
Et que Trouville les rallie :
Trouville est bon pour ces tombeaux !
Nous paysans, c'est la nature
Qu'il nous faut, mais sans or, sans bruit,
Sans tout ce qui brille et reluit,
Oui, la nature seule et pure !

MÉDITATION

AU BORD DE LA DIVE.

186..

La rivière descend, la rivière remonte ;
Elle exécutera, jusqu'à la fin des temps,
Ce double mouvement : quant à l'homme, il ne monte
Qu'une fois pour descendre au bout de son printemps.

La terre que je foule ici, sous mon pas même,
A la création a vu Dieu souriant :
Elle verra ce Dieu faisant au jour suprême,
D'un signe et d'un seul mot, rentrer tout au néant.

Et moi, j'aurai vécu, combien ? une minute
Dans cette éternité! Terre, sois bonne, hélas!
Pour cet être chétif, bonne jusqu'à sa chute,
Puisqu'il est tout de suite aux portes du trépas.

Toi, soleil aussi vieux que la terre et que l'onde,
Mais qui dois toujours beau récréer l'univers,
Tu seras bien longtemps le roi brillant du monde :
Et déjà dans mon cœur s'éteint l'amour des vers.

Pourtant, si l'on m'offrait de devenir cette onde
De l'immense Océan, la terre avec ses fleurs,
Ou même le soleil de sa chaleur féconde
Donnant la vie à tout, j'aimerais mieux mes pleurs !

Pourquoi ? C'est que d'abord aucun n'a la pensée ;
Donc aucun n'est semblable au Dieu qui les créa :
Et puis qu'importe à ceux dont la vie est passée ?
Pour l'immortalité le ciel les rappela !

RÉSIGNATION.

L'humble roseau battu par l'horrible tempête
Cède sans résistance à plus puissant que lui ;
Il attend, résigné, pour relever sa tête,
    Qu'un rayon de soleil ait lui.

Ainsi l'homme qui sent le poids de sa faiblesse,
N'ose pas se raidir contre les coups du sort ;
Il plie et sait toujours, grâces à sa souplesse,
    Echapper presque sans effort.

Pourqui l'orgueil vient-il vanter notre puissance
A nous faibles autant que le faible roseau !
Et pourquoi nous donner la soif de l'espérance
    A nous héritiers d'un tombeau ?

Quoi ? ne voyez-vous pas la fortune sourire,
Passant avec dédain devant votre grandeur ?
Ne l'entendez-vous pas à l'oreille vous dire :
    Sois plus modeste, ou bien malheur !

Ne vaudrait-il pas mieux désarmer la fortune
En paraissant d'avance à ses arrêts soumis,
Et subir du malheur la visite importune
    En la recevant endormis?

La résignation, rêveuse, mais aimable,
Sur les pas du malheur arrivant lentement,
Les larmes dans les yeux, du poids qui nous accable
    Nous soulage tout doucement.

Le cœur, en la voyant, se sent un peu renaître :
Ce n'est pas du plaisir, c'est encor la douleur !
Telle pendant l'orage au ciel vient d'apparaître
    Au loin une faible lueur !

Mais nous ne craignons plus que la douleur augmente;
C'est le commencement de notre guérison :
Maintenant nous pouvons respirer dans l'attente,
    Ecoutant sa douce leçon !

Bienfaisante vertu, viens et surtout console
Ceux qui souffrent beaucoup, parce qu'ils ont aimé :
Ah ! berce sur ton sein l'amour qui se désole;
    Endors un peu son cœur calmé !

8

A Mme F......

Aucun nom n'aurait dû plus souvent, sur ma lyre,
Être dit, répété dans des transports d'amour;
Dans chacun de mes vers on aurait dû le lire,
L'entendre publier aux échos d'alentour.

Car j'ai reçu de toi, si ce n'est la naissance,
Ce qu'une bonne mère à son fils peut donner :
Ce cœur affectueux qui berça mon enfance,
Prépara mon bonheur et sut bien l'ordonner.

Pourquoi ma lyre donc, sous les doigts du silence,
A-t-elle vu cent fois mes accords étouffés?
Et pourquoi les accents de la reconnaissance
Se sont-ils seulement dans mon cœur achevés?

Pardonne-moi : c'était une frayeur secrète
Qu'on n'accusât mes chants d'avoir été dictés
Par le vil intérêt, qui rendit si discrète
Ma muse et ses doux chants craignant d'être écoutés.

Puis la reconnaissance est une fleur cachée
Dont le parfum soudain sans cela se trahit :
Par rien d'impur jamais elle ne fut tachée
Dans mon cœur et jamais elle ne se flétrit !

A UN POÈTE.

Vous avez bu souvent, dans la coupe sacrée,
Le plus divin nectar, sans vous êtes enivrée :
Grande par le génie et bonne par le cœur,
Vous ne connaissez pas le sourire moqueur ;
Vous n'avez point senti l'aiguillon de l'envie ;
Vos chants si beaux font tous honneur à votre vie !
D'où vient donc que j'entends votre lyre pleurer,
Comme dans le malheur, votre cœur soupirer !
— Vous dites : le poète a besoin qu'on l'écoute ;
Il lui faut de l'écho ; puis que sur cette route
Le voyageur s'arrête, et qu'il prête à ses chants —
Terrestres ou divins — gracieux ou touchants,
Son oreille et son cœur ! — Pourquoi donc Philomèle,
Au silence des nuits, quand tout dort autour d'elle,
Chante-t-elle plutôt que dans l'éclat du jour ?
Pourquoi du musicien le divin chant d'amour
Des bois préfère-t-il aussi le doux mystère ?
Ah ! c'est qu'il lui suffit que de toute la terre
Deux cœurs pieux, rêveurs, soient là pour l'écouter !
Quant au vulgaire, il veut plutôt s'en écarter :

Car le vulgaire suit le bruit, la renommée,
Court après le brillant, court après la fumée :
A peine elle s'élève au loin par gros flocons
Qu'on voit partir soudain la troupe des moutons.
Mais le mérite aima toujours la solitude,
Mais la gloire resta de longs jours à l'étude,
Satisfaite d'aimer, d'aimer jusqu'au tombeau,
Les mystères de l'art et les splendeurs du beau.
Vous qui connaissez mieux que nous la jouissance
D'une si belle vie, ah ! laissez l'espérance,
Cette charmante amie, assise auprès de vous,
Vous bercer chaque jour un peu sur ses genoux,
Vous presser sur son cœur, et vous dire : poète :
Si ta lyre aux doux chants restait jamais muette,
Tes amis attristés n'aimeraient plus les fleurs,
Ni les petits oiseaux, ni toutes ces splendeurs
De la nuit étoilée ; et, sans ta poésie,
Leur âme deviendrait petite et rétrécie.
Ah ! prends ta lyre encor, accorde-la pour eux :
Philomèle souvent n'a chanté que pour deux.

HEURES RAPIDES — HEURES TARDIVES.

O vous qui circulez toujours du même pas,
Sans jamais varier, sur le cadran d'albâtre,
Qui sonnez la naissance et sonnez le trépas,
Avec la même main, du monarque et du pâtre,
Sans allonger jamais votre course pour l'un,
Sans l'abréger pour l'autre ; heures impartiales
Qui n'écoutez les vœux ni les plaintes d'aucun,
Que Dieu de son compas a fait toutes égales,
Pourquoi donc bien souvent apparaître à nos yeux
Plus longues que les jours, les mois et les années
Que décrit sur son tour le grand cadran des cieux ?
En vain nous voudrions voir toutes terminées
Les secondes sans fin de votre balancier :
En vain nous regardons à chaque instant l'aiguille :
L'un retarde les pas de son cercle d'acier,
L'autre retient, je crois, sa pointe qui scintille,
Et nous nous écrions : oh ! c'est l'éternité !
Et pourquoi d'autres fois allez-vous trop rapides,
Courant sur le pendule au pied précipité,
Tandis que nous voulons, de nos regards avides,

Vous arrêter chez nous, vous garder plus longtemps :
En vain nous vous disons : encore une minute,
Encore une seconde, hélas ! filles du temps !
Mais le timbre sonore annonce votre chute.
Ce ne sont pas nos yeux qui nous trompent ainsi ;
Ils attestent plutôt votre égale constance.
Ah ! le cœur n'est-il point l'unique juge ici ?
Lentement vous allez, quand il est en partance
Pour quelque beau pays, encor plus lentement,
Quand il est dans l'attente, avec impatience,
Exprimant son désir tout bas, tout doucement,
Disant : ô temps, fuis vite ; heure tardive, avance !
Mais arrêtez-vous donc, quand le cœur est heureux,
Soit qu'il s'épanche au sein d'un ami qui l'écoute
Rêver à ses projets, ou bien que de ses vœux
Exaucés par le cœur il jouisse exempt de doute !
Je t'en supplie au nom de tous les cœurs aimants,
Laisse-nous tous jouir, ô temps, du bien suprême ;
Heures, multipliez donc pour eux vos moments,
Car vous savez comment va le temps, quand on s'aime.

LE HAVRE.

Muses, fuyez le Havre; on vous dédaignerait
En ses riches comptoirs; l'or seul a de l'attrait
Pour ceux qui du commerce, épiant le caprice,
Courtisent ses faveurs, redoutent sa malice,
Et livrés à ses jeux, ne savent que compter
Dans leur désir d'argent, ce que peut rapporter
La spéculation. Fuyez, candides muses,
Ce séjour empesté de l'astuce et des ruses :
On n'écouterait pas vos chants harmonieux;
Vos préceptes divins et vos hymnes pieux
N'auraient aucun écho sur ces bords où Neptune
Gouverne en souverain l'inconstante fortune.
On n'entend en ces lieux que les clameurs des vents,
Que les bruits de la bourse et les tristes accents
De la faillite! — « Oh! non, dit la muse qui prie
» Sur la tombe des morts; le Havre est la patrie
» De celui qui chanta ces deux jeunes amants
» Que pleureront toujours les cœurs compatissants.
» Ces lieux que tu maudis, naguère l'on vu naître;
» Avec joie en ces lieux j'appris à le connaître;
» J'y dirigeai ses pas et j'y formai son cœur,
» Ce cœur né pour souffrir à l'aspect du malheur,

» Ce cœur qui fécondant un sublime génie,
» Chanta la Providence, enfanta Virginie.
» Assis au bord des flots qui baignent ce séjour,
» Des voyages lointains il y puisa l'amour !
» Regarde, vain censeur, ce marbre qui respire
» Aux portes du Musée, et cesse de maudire
» Le Havre et ses comptoirs : il adore les arts,
» Autant que de Neptune il aime les hasards. »
A peine elle eut fini qu'une autre muse encore,
La muse d'Idala, la muse de Zamore,
S'avançant à pas lents, mais d'un air irrité,
S'écrie : « Eh quoi ! censeur, dans ta témérité,
« Oses-tu, sans rougir, mépriser les rivages
» Où naquit Casimir, bercé par les orages ;
» Ces lieux dont il a dit : « Le Havre est mon berceau ;
» Après Constantinople il n'est rien d'aussi beau ! »
« Écoute ces accents de la reconnaissance,
» Et respecte la ville, abri de son enfance.
» Elle aime Casimir et l'aime avec transport ;
» Son image chérie est tout près de son port,
» Pour y perpétuer cette grande mémoire
» Qui de notre patrie est l'ornement, la gloire ! »
J'écoutais tout honteux ces reproches amers :
J'ai reconnu mes torts ; mes yeux se sont ouverts.
Pardon, noble cité, que le commerce honore ;
Tu brilles, je le vois, d'un autre éclat encore !

MES PLAISIRS.

A M. H.

Voulez-vous être heureux? Cherchez la solitude,
Cultivez les jardins, livrez-vous à l'étude.
Dès que l'aurore luit, moi, je cours à mes fleurs;
J'aspire leurs parfums, j'admire leurs couleurs,
Et je bénis le ciel! Imitez mon exemple;
Allez adorer Dieu dans ce sublime temple
Dont le ciel est la voûte et la terre l'autel;
Décorez-le de fleurs, et là, prêtre immortel,
Au Dieu qui les fit naître, offrez-en les prémices;
Répétez chaque jour les mêmes sacrifices.
Jamais l'ennui ne vient me tourmenter ici,
Dans mon petit jardin; la peine et le souci
N'y sont jamais entrés; je les laisse à la porte,
Quand je reviens du monde, et le vent les emporte.
Les livres et les fleurs, voilà les vrais plaisirs,
Plaisirs doux, innocents, remplissant mes désirs.
Un livre est un ami toujours sûr et fidèle,
Qui nous instruit, nous charme, et d'une ardeur nouvelle,

Ranime nos esprits fatigués des vains bruits
De ce monde ennuyeux. Je goûte les doux fruits
Du talent, du génie, en paix, dans le silence
D'un ravissant commerce, où mon âme s'élance
Vers le vrai, vers le beau, sublimes régions
Que ne troublent jamais les tristes passions.
De mes livres je passe à mes fleurs bien aimées;
De sentiments divers je les trouve animées :
L'une modestement se dérobe à mes yeux,
Et l'autre avec fierté lève un front radieux.
Mais je me plais surtout à contempler la rose,
Et j'abandonne tout, dès que sa fleur éclose
A fixé mes regards : du matin jusqu'au soir
Je ne me lasse pas de la voir et revoir.
Des grâces du génie et des présents de Flore
Je jouis bien tranquille et veux jouir encore.
Cherchez ces mêmes biens : vous ne vous plaindrez plus
De ces dégoûts amers, de ces soins superflus
Qui viennent assaillir et troubler votre vie :
Jamais la douce paix ne vous sera ravie.

AUX DEMOISELLES G....

Un voyageur marchant devant vous sur la route
Se retourne souvent, aussi souvent qu'il peut !
Il aime votre voix ; il s'arrête, il écoute,
Et dit alors au temps : « Laisse-nous donc un peu !

» Il est bien doux d'aimer des enfants si gentilles !
» Laisse-les à leur âge et ne me vieillis pas ;
» Respecte, ô temps, les fleurs qu'on nomme jeunes filles,
» Laisse-moi leur causer sur la route, là bas !

» Je ne vous dirai pas, ô chères demoiselles,
» Ce qu'à mon cœur, hélas ! le temps a répondu :
» C'est un vieillard jaloux des choses les plus belles,
» Et parmi les regrets il est toujours perdu ! »

Je ne l'écoute point, et je dis : la jeunesse
Est en tout point vraiment semblable au beau printemps,
Qui rit et qui fleurit : mais quant à la vieillesse,
Il sera bien plus tard d'en parler assez temps !

AUX DAMES.

SONNET.

Mesdames, les savants aiment beaucoup à lire
Dans le grand livre ouvert par l'étude à leurs yeux ;
Les artistes aussi, pour chanter sur la lyre,
Y cherchent très souvent des airs délicieux.

On les accuse alors de n'aimer pas à rire.
On fuit loin des savants qui sont trop sérieux ;
Les artistes, dit-on, ont un triste sourire,
Et semblent par moments se perdre dans les cieux.

Mesdames, vous avez trop d'esprit pour le croire !
Ils sont passionnés pour l'étude et la gloire ;
Mais ils ont un désir qui surpasse ceux-là.

Pour pouvoir l'exprimer avec délicatesse,
Mes vers n'ont pas assez de grâce et de souplesse :
Mais vous le devinez, Mesdames, sans cela.

A Mlle ANNA DE S.......

Je ne connais point jeune fille
Dont l'âme se reflète avec plus de candeur,
Dans la parole, écho chez tant d'autres trompeur,
Ou dans l'éclat de la pupille.

Je n'ai point vu cœur plus sincère :
Là sont manifestés sans voile à tous les yeux
Les sentiments secrets, soit qu'ils viennent des cieux,
Ou bien qu'ils naissent sur la terre.

Il n'est point d'âme plus naïve :
On dirait une enfant parlant de ses projets,
Interrogeant chacun, portant sur les sujets
Son imagination vive.

Vous devez penser quèl sourire
Elle a, la jeune fille, à nous enivrer tous,
On resterait sans cesse à voir ses traits si doux,
Sans cesse à la regarder rire !

On sent qu'il manque en son absence
Et quelque chose aux yeux et quelque chose au cœur :
Du temps qui la retient on blâme la longueur,
Et l'on gémit d'impatience !

Mais elle doit, la jeune fille,
Partir, partir bientôt, pour ne plus revenir !
En y pensant, je sens les larmes me venir :
Elle était, hélas ! si gentille !

PAUL A SON PARRAIN.

1er Janvier 186..

Je viens vous souhaiter une très bonne année,
    Mon cher oncle Boudard ;
Je ne puis exprimer mieux que ça ma pensée,
    Ce sera pour plus tard.
On ne veut plus, dit-on, que je parle d'étrennes
    Ainsi que l'an passé ;
Mais avec un enfant ce sont défenses vaines,
    Je ne fais qu'y penser !
Seulement vous serez, je crois, assez aimable
    Pour me les apporter :
Je voudrais vous avoir pour me dire une fable,
    Pour rire et pour chanter.
Ah ! nous rirons, allez ! mon parrain, venez vite,
    Tout chargé de bonbons.
Sage comme un Saint-Jean, votre filleul mérite
    Qu'on le comble de dons !

PAUL A M. S....

1ᵉʳ Janvier 1858.

Ah ! combien je vous remercie,
Mon bon, mon généreux ami !
Maintenant gare à l'ennemi ;
Car j'ai toute une artillerie :
J'ai le fusil du fantassin,
Et puis la terrible arbalète,
Puis un cheval qui se fait fête
D'être monté dès le matin !
Venez, moineaux, et je vous tue !
De pied ferme je vous attends ;
Dorénavant si je vous prends
Dans mon jardin ; si sous ma vue
Vous venez ici, pauvres sots,
Je vous lance d'une main sûre
Une grosse balle bien dure
Qui vous coupera par morceaux ;
Ou bien de cette flèche aiguë
Je vous percerai sans pitié :
Pas de grâce ni de quartier !
Envolez-vous donc dans la nue,

9

Ou bien cachez-vous dans vos trous;
Car je vous déclare la guerre :
Monsieur Sénis m'aide à la faire,
En m'envoyant tous ces joujoux !
Je vous rends, ami, mille grâces,
Pour moi, pour mes parents aussi,
Qui me verront sans nul souci
D'Alexandre suivre les traces.

A Mlle C. L...

O vous qui prolongez les jours d'un bon vieillard,
Par ces soins infinis qu'inspire la tendresse,
Et que n'égalent point tous les efforts de l'art ; —
O vous qui, chaque hiver, lorsque la mort traîtresse
Accourt pour vous surprendre, apaisez son courroux,
Et désarmez son bras enfin par la prière ; —
Vous qui nous permettez de revoir ce bon père,
Dès le premier printemps, quand les airs sont plus doux,
Reprenant bon espoir, recommençant à vivre,
Allant à son travail, selon vous, trop souvent,
Mais sans que vous cessiez un instant de le suivre,
De peur qu'il ne s'expose aux surprises du vent : —
Les enfants du vieillard, pleins de reconnaissance,
Les larmes dans les yeux, vous disent tous : *merci !*
Tous ceux qui l'ont connu, vous le disent aussi,
Car on l'estime, on l'aime, il a la confiance ! —
Pour cette mission, vous avez renoncé
Aux douceurs de l'hymen ou bien de la retraite...
Oh ! vous avez souffert, quand vous avez pensé
Qu'après lui votre vie... Une offrande parfaite

N'est jamais sans douleur ! mais le ciel bénira
Un si beau sacrifice, en le comblant d'années...
Toutes ses heures sont bien loin d'être sonnées :
Plus d'un siècle, ô sœur, par vos soins il vivra !

LE CHOIX D'UN ÉTAT.

Rien de plus important que le choix d'un état :
Aussi c'est le sujet d'un grave et long débat,
Où souvent peu d'accord le père avec la mère
Appellent au conseil et la sœur et le frère,
Pour augmenter encor les avis opposés.
Que croyez-vous alors que font ces gens sensés ?
— Eh, parbleu, dites-vous, je ne connais qu'un guide ;
C'est la vocation qui juge et qui décide
L'état qui nous convient. — Ils conforment leur choix
Sans doute à cet instinct qui du ciel est la voix.
— Ah ! bien oui ; l'autre jour (écoutez cette histoire !)
J'étais chez des amis, et l'on venait de boire
Assez pour dire haut tout ce que l'on pensait.
Du fils de la maison, assez mauvais sujet,
Sot, s'il en fut jamais, voilà qu'on se demande
Ce qu'il ferait. — A quoi pensez-vous qu'il prétende,
Dit le père d'un air de satisfaction ?
— Je réponds : au commerce ! — Oh ! notre ambition
Est tout autre, Monsieur ; il a fait ses études !
D'ailleurs, dans le commerce, on a des habitudes

Qui nous conviennent peu... c'est bien triste un bureau !...

Il va faire son droit pour entrer au barreau !

— Le barreau, répéta sa vénérable mère,

Ou bien nous en ferons tout au moins un notaire !

— Moi, je riais sous cape et me disais tout bas :

Le barreau, bons parents, vous ne le tenez pas,

Sans un miracle au moins. — Que de parents semblables

A ceux-ci, se berçant de rêves agréables,

Veulent d'un idiot faire un homme d'esprit,

Croyant déjà le voir dans le monde en crédit.

Mais la société se présente, examine

Tous ces bons jeunes gens et dit : à votre mine,

Vous ne serez jamais médecin, avocat ;

Je ne vous reçois point au baccalauréat.

Vous me direz peut-être : il en est de capables !

— Sans doute, et croyez-vous qu'ils sont plus raisonnables,

Eux et leurs chers parents, quand il leur faut choisir

Une profession ? L'un aurait le désir

De cultiver un art qu'il aime... la peinture !..

Il y réussirait !... Mais la magistrature,

Pour laquelle il ne sent que de l'aversion,

Le réclame ; car c'est cette profession

Que suivirent toujours ses sévères ancêtres,

Dont on voit les rabats à travers ses fenêtres.

Il ne sera jamais qu'un mauvais magistrat,

Dormant à l'audience, au son d'un avocat :

N'importe, il faut qu'il juge, et par droit de naissance !
Ecoutez maintenant cet autre : — Moi, je pense,
Femme, dit un fermier, que nous aurions raison
De faire un prêtre un jour de Jean, notre garçon,
Il n'est pas sot du tout, et son maître d'école
En sait moins long que lui, dit-on. Ce petit drôle
Ira loin ! oh ! crois-moi : l'état que nous faisons,
Femme, c'est la misère ! Hélas ! nous ne plaçons
Jamais un sou ; tout passe à payer notre maître ;
Sur notre pauvre table on ne voit pas paraître
Un malheureux poulet, pas un litre de vin :
Depuis plus de quinze ans nous travaillons en vain !
Mais si Jean est curé, femme, notre vieillesse
Est assurée ; un jour, sans craindre la détresse,
Près d'une bonne table et devant un bon feu,
Nous nous reposerons et jouirons un peu :
Qu'en dis-tu ? — J'y songeais, répond la ménagère ;
Notre curé pourra le commencer, j'espère...
Ensuite nous verrons... Le bon Dieu secourra
Les pauvres gens. — Ainsi le gros Jean apprendra
Le latin et le grec pendant plusieurs années,
Le fermier désirant qu'elles soient terminées
Le plus vite possible, afin de voir son Jean,
Non pas dire la messe, ou prêcher en Saint-Jean,
Mais vider avec lui le verre de Champagne,
Et courir sans rien faire à travers la campagne.

Les pauvres paysans font presque tous des vœux
Pour voir leurs fils atteindre à cet état heureux !
Les gens ambitieux, les riches, au contraire,
N'y trouvent pas profit qui puisse satisfaire
Leur soif de nom ou d'or ; ils seraient désolés,
Si leurs enfants s'étaient de la robe affublés.
Il leur faut, à ceux-ci, soit la diplomatie
Avec ses grands honneurs, au loin, de la patrie
Représentant les droits, l'éclat, la majesté ;
Ou bien dans la finance un poste où, tout compté,
L'on ait un revenu de ministre ou de prince,
Où l'on soit presque même un roi dans sa province.
Le jeune financier ne sait pas calculer ;
Le diplomate aussi sait à peine parler,
Il bégaie, il est gauche et lourd ; ah bien, qu'importe !
L'essentiel, c'est qu'il ait un poste qui rapporte.
Un père ne voit pas si son fils est un sot ;
Il mettrait bien un âne, et plus même un pourceau
A la belle ambassade, à la riche recette !
D'un journal quotidien l'éclatante trompette
Vient apprendre un beau jour à notre nation
Que son fils a reçu sa nomination :
Elle est due au crédit d'une dame à la mode !
Monsieur le receveur !... dam ! cela raccommode
Un esprit de travers... Monsieur l'ambassadeur !
Cela donne à l'esprit et finesse et grandeur !

Il aurait bien mieux fait, en bon propriétaire,
Mangeant son revenu, de vivre sur sa terre,
Que d'aller incapable occuper un emploi :
Se croire plus qu'on n'est, voilà de tous la loi!
— Mais enfin de ces faits, dites-vous, que conclure?
— Qu'il faudrait avant tout consulter la nature :
On ne l'ignore pas, mais on s'en garde bien,
Car que de fils alors ne seraient bons à rien !

ALFRED DE MUSSET.

SONNET.

En vérité, je crois, Musset m'impressionne,
Encor plus que le glas qui pleure sur un mort :
Son vers harmonieux si tristement résonne,
Et s'apitoie, hélas ! sur notre triste sort,

Que de l'humanité l'on jurerait qu'il sonne
Parfois la dernière heure, et que le néant sort
Pour dévorer les cœurs que le doute lui donne,
En étouffant en eux jusqu'au dernier remord.

Pleure, noble poète, et demande à Voltaire
Compte de tout le mal qu'il a fait à la terre,
Quand il brisait la croix de sa terrible main !

Tu dus, pauvre Musset, vider la coupe amère
Qu'il t'a versée aussi, quand la foi de ta mère
T'abandonna pleurant sur les bords du chemin !

SEPTEMBRE.

Quand arrive septembre et que l'air s'assombrit,
Il faut dire : « des fleurs la saison est passée » ;
Nous devons maintenant tourner notre pensée,
Ainsi que notre cœur, vers le fruit qui mûrit.

Une larme d'abord mouille la paupière,
Quand on voit écoulés les beaux jours du printemps ;
On ne peut sans regret se rappeler le temps
Où jeune l'on cueillait les fleurs sur la bruyère.

Mais la raison enfin adoucit ces regrets ;
Une autre joie essuie à nos yeux cette larme ;
Car l'automne n'est pas sans avoir quelque charme,
Car la vie à tout âge a de nouveaux attraits.

L'on aime davantage, il semble, la nature
Et celui qui produit les fruits après les fleurs.
Les plaisirs n'étaient pas jadis exempts de pleurs ;
Sans eux on vit plus calme et la vie est plus pure.

LES DEUX ESPRITS.

Quand au commencement Dieu créa les esprits,
Pour la terre il en fit deux ayant un grand prix,
Mais assez différents : l'un froid, profond et grave,
Grand de raisonnement, où se moule et se grave
Fortement la pensée, avec une vigueur
Que rien ne peut lasser, vaste, dominateur,
Auteur de la science, auteur de l'industrie,
Inventeur des beaux arts, et qui tout fier s'écrie,
Comme l'aigle au sommet des rochers sourcilleux :
« J'ai pris mon vol, ô terre, et j'ai gagné les cieux ! »
Cet esprit vigoureux semble né pour produire :
Mais on le voit aussi sur sa route détruire,
Hélas ! l'œuvre de Dieu ; par delà l'horizon
S'égarer dans l'erreur où sombre sa raison ;
Et, sans cet autre esprit, mis par la Providence
Tout près de lui, peut-être, avec son imprudence,
Il périrait, semblable à ces grands conquérants
Que l'orgueil à la fin renverse tout sanglants :
Mais l'autre d'un seul mot bien souvent le rappelle.
Celui-ci délicat et fin, n'a pas une aile,

Sans doute aussi puissante : il ne va pas si haut :
Qu'importe, si vers lui s'abaisse le Très-Haut,
Et si le ciel descend pour l'esprit plus modeste ?
C'est lui qui forme l'homme, œuvre sainte et céleste :
Veillant avec amour sur le petit enfant,
Il commence à jeter en lui du sentiment
La première semence, en lui parlant du père
Qui règne dans les cieux, et de la bonne mère
Dont l'image est placée en face du berceau ;
En lui montrant aussi ce doux enfant, si beau,
Modèle des enfants ! Il fait germer ensuite
L'amour de la famille, avec toute la suite
Des vertus qu'il engendre, en l'enfant qui sourit !
Mais combien je me trompe en appelant *esprit*
L'auteur de tels bienfaits : c'est le *cœur* qu'on l'appelle ;
C'est le cœur d'une mère ! oui, lorsqu'elle révèle
La vérité divine, au doux fruit de son sein,
Il passe sur son front quelque chose de saint,
Où le plus tendre amour s'unit à la sagesse ;
Et sa parole prend une délicatesse
Que le poète peut rarement imiter,
Et que la fleur des champs ne saurait égaler.
Tandis que l'autre esprit veut instruire, convaincre,
Celui-ci cherche à plaire et s'efforce de vaincre
Par la persuasion, doux et puissant ressort,
Produisant plus d'effet, avec sa chaîne d'or,

Que le raisonnement avec son front sévère :
L'on n'aime point du vrai la forme rude, austère ;
Il faut qu'il soit orné de fleurs, de diamant ;
Il faut qu'il soit armé d'une pierre d'aimant !
Avec l'enfant surtout la vérité doit plaire ;
Telle il la voit aussi dans les yeux d'une mère,
Et dans son doux sourire, et dans son doux parler,
Lorsque, sur ses genoux, il tâche d'épeler.
Dieu le fit avec soin cet esprit de la femme
D'un rayon de soleil, d'un rayon de la flamme
Que l'ardent chérubin entretient à ses pieds ;
Car elle doit marcher dans les rudes sentiers
Du dévoûment : épouse ou mère, elle est chargée
Du fardeau le plus lourd de notre destinée ;
Mais son cœur plein d'amour remplit sa mission,
Sans jamais hésiter, avec soumission :
Et si, près du foyer, cet esprit fin, habile,
Sait manier avec art la parole subtile,
Par un silence adroit ramener la raison ;
S'il sait par la douceur régner en la maison,
L'ambition n'est point le but de son empire :
Non, ce cœur dévoué par ces moyens n'aspire
Qu'au bonheur du foyer : c'est la religion
Peut-être qu'elle veut, par la persuasion,
Faire entrer sous le toit, d'où l'orgueil l'a bannie,
Afin que par le ciel sa famille bénie
Ait au printemps des fleurs, en l'automne des fruits,
Et récolte du cœur les plus riches produits.

UN AUTRE LAZARE.

I.

Il est des jours affreux où ne reluit pour l'âme
Aucun astre du ciel, où s'éteint toute flamme
Dans l'esprit abattu, jours où le désespoir
A fait de notre cœur un tombeau sombre et noir !
Là sont ensevelis nos désirs, nos pensées,
Sous un hideux linceul pêle-mêle entassées.
Plus d'amour, plus de foi, même dans nos amis ;
Mais partout des méchants et des crimes commis
Contre nous ! L'espérance a pris bien loin la fuite,
A l'aspect du cortége et de la triste suite
Qui vient pour célébrer la mort de notre cœur !
Tous les démons sont là, riant d'un air moqueur.
Alors s'ouvre à nos pieds le plus énorme gouffre
Que l'on ait jamais vu. — « Personne ici ne souffre,
» Dit l'un, c'est le néant : jette-toi dans son sein ! » —
« La vertu t'a trompé, dit l'autre ; allons, ta main,
» Suis-moi ! » — L'on veut en vain envoyer la prière
Vers le Dieu qui console, ils disent tous : « Arrière,
» O toi, folle qui crois encore à ton Bon Dieu ! »
Alors la nuit redouble et l'âme dit adieu,

Un adieu déchirant à tout, et puis s'affaisse :
La chaleur disparaît et la lumière baisse...
Plus rien ! elle retombe au fond de son tombeau.....
Cependant l'univers est toujours grand et beau !

II.

Ames saintes, priez pour que Dieu ressuscite
Ce mort, car il est temps !... Ah ! Jésus, venez vite,
Au tombeau de Lazare.... il fut de vos amis !
Voyez l'état affreux où le trépas l'a mis !...
Non, vous n'avez jamais repoussé la prière
Qui se tient à genoux, courbée en la poussière.
Mais vous avez toujours dit au mort : « lève-toi ! »
Rendez à celui-ci l'espérance et la foi,
Ces deux flambeaux éteints au sein de sa pauvre âme ;
Et ranimez son cœur à la céleste flamme !

L'ENSEIGNEMENT.

A Mlle X.

J'aime à voir au printemps s'épanouir les fleurs,
Qui charment nos regards de leurs vives couleurs ;
J'aime celles surtout que ma main a plantées,
Qui sont contre les vents par mes soins abritées ;
Je ne puis exprimer combien je suis heureux,
Quand un soleil bien doux leur rit du haut des cieux,
Que l'aurore répand ses perles de rosée
Sur leur front radieux et leur tige humectée.
Vous élevez aussi des fleurs que vous aimez
En ces jeunes enfants à qui vous enseignez,
Dans la retraite et loin de tous ces bruits du monde,
Le secret de jouir, dans une paix profonde,
Des trésors de l'esprit et des plaisirs du cœur,
Qui seuls peuvent former la chaîne du bonheur.
Former l'esprit, de Dieu cette sublime image ;
Achever par nos soins sur la terre l'ouvrage
Commencé dans le ciel ; agrandir la raison,
Reculer chaque jour à ses yeux l'horizon

10

Et du monde des sens et du monde invisible ;
Avancer vers le vrai d'un pas lent, insensible,
Cet esprit qui ressent le besoin de savoir,
Le mener doucement et lui faire tout voir,
Afin qu'il puisse un jour marcher seul et sans guide,
Mesurer l'univers dans sa course rapide,
Et s'élever au Dieu dont il est descendu :
Est-il un but plus noble ? Avons-nous entendu
Parler de mission plus sainte et plus modeste ?
Est-il un bien donné qui plus longtemps nous reste ?
Ah ! j'admire tous ceux qui des petits enfants
Guidant les premiers pas, ouvrent les éléments
De la pensée humaine à leur intelligence.
Des rayons affaiblis de la simple science
Ils éclairent d'abord leurs yeux à peine ouverts,
Ne leur montrant qu'un point de ce vaste univers ;
Puis ils laissent entrer un peu plus de lumière,
Et les font avancer d'un pas dans la carrière,
Attentifs, dans leur zèle, à ne point fatiguer
Leur esprit ; car souvent, en voulant prodiguer
Trop tôt l'instruction, quand l'esprit est sans force,
On l'énerve, et plus tard c'est en vain qu'il s'efforce
De prendre son essor : ses ailes sans vigueur
Ne peuvent s'élever ; il rampe dans l'erreur,
Ou croupit sans courage au sein de l'ignorance.
Oui, pour instruire, il faut beaucoup de patience ;

Il ne faut pas livrer à des rayons brûlants
L'arbre qui n'est encor qu'à son premier printemps :
L'ombre lui convient mieux ! Maîtres, sachons attendre ;
Laissons grandir un peu la plante encore tendre :
Plus tard avec bonheur nous cueillerons les fruits
Que les esprits plus forts sans peine auront produits.
Jusque-là jouissons de voir un frais visage
Sourire en apprenant les règles du langage,
De voir ces petits yeux, intelligents et fins,
Où sans aucun apprêt les sentiments sont peints.
La curiosité fait jaillir l'étincelle
D'un feu caché sortant d'une large prunelle,
Qui veut se dilater afin de mieux saisir.
Cet esprit vif voudrait déjà tout éclaircir,
Pressant de questions, embarrassant son maître,
Jusqu'à ce que le jour vienne lui apparaître.
Son oreille attentive entend tout, ne perd rien ;
Elle conduit les mots et l'esprit les retient ;
Puis la langue aussitôt nous rend, écho fidèle,
La pensée apparue et l'image nouvelle.
Quel plaisir d'assister au développement
De la raison naissante en cette aimable enfant !
Mais ce bonheur s'accroît, à mesure qu'elle pense,
Fière de ses progrès, avec plus d'assurance :
Le maître satisfait la promène en tous lieux
Sur un globe brillant qui captive ses yeux ;

Il ouvre en même temps les pages de l'histoire,.
Lui montre couronnés par les mains de la gloire
Les amis dévoués de notre humanité.....
Elle entend retentïr l'austère vérité
Du haut d'une tribune : elle réduit en poudre
Les complots des méchants, prompte comme la foudre...
L'aimable poésie aussi parle à son cœur,
Lui révélant tout bas le secret du bonheur...
Elle écoute... Voici qu'une autre voix l'appelle ;
Elle est grave et lui dit : « Ton âme est immortelle ;
» Suis-moi, viens de Socrate écouter les leçons... »
Et nous rêvons alors, maîtres, pour notre élève,
Un heureux avenir ; elle grandit, s'élève,
Unissant à l'esprit qui sait plaire et charmer
Les vertus d'un bon cœur, qui se fait estimer :
Car l'étude du vrai, du bien et du sublime,
En éclairant l'esprit, d'un feu divin anime
Aussi le cœur. — Et vous, à nos constants efforts,
Parents, applaudissez ; car les plus grands trésors
Ne sont ni la beauté, ni l'or et la fortune,
On voit souvent, hélas ! la douleur importune
Assiéger ces biens là ! Seule l'instruction
D'un bien impérissable enrichit la raison !

LES SENS ET LA RAISON.

FABLE.

Les Sens et la Raison se querellaient sans cesse :
Celle-ci répétait : « Vous êtes les auteurs
        » De tous nos malheurs ;
» Vous avez attiré la foudre vengeresse
        » Depuis ce jour fatal
» Qu'Adam poussé par vous osa manger la pomme. »
Et les Sens répondaient : « C'est toi qui perdis l'homme
        » Par ton orgueil brutal. »
Aristote et Platon, témoins de leur discorde,
Firent tous leurs efforts, usèrent leurs talents
A les concilier, mais en vain : l'un accorde
Bien trop à la Raison, l'autre bien trop aux Sens.
Avec plus de fureur alors se querellèrent
      Ces deux ennemis acharnés ;
      Et les hommes, êtres bornés,
Au nom de l'un, de l'autre, hélas ! s'entretuèrent.
      Mais le Père Enfantin
        Vint enfin,
Qui dit : « Soyez amis, c'est moi qui vous convie. »
Et tout marche d'accord depuis dans notre vie.

LE VIEUX ET LE JEUNE LAPIN.

FABLE.

C'était le jour où la race cruelle
Qui prend plaisir à tuer les animaux,
Recommençait une chasse nouvelle,
Après quelques mois de repos.
De toutes parts le salpêtre en furie
Envoyait des plombs meurtriers;
Les chiens s'élançaient par milliers
Dans la campagne et la prairie.
Les pauvres animaux tremblaient
Et se cachaient.
Un vieux lapin, le Nestor de l'espèce,
Qui savait déjouer les ruses du renard
Qu'aucun chasseur jamais ne surprit à l'écart,
Tant il était plein de finesse,
Voyant un tout jeune lapin,
Avec son inexpérience,
Parmi la rosée et le thym,
S'aventurer sans défiance,

Et sans se douter de son sort,

Lui cria : « Viens, reviens bien vite ;

« Ne vois-tu pas rôder la mort?

» Le lièvre en son gîte,

» Aujourd'hui,

» Reste blotti; maître renard a fui

» Au fond de sa tanière;

» Tous les lapins sont cachés dans leurs trous :

» Toi seul, tu te donnes carrière.

» Ah! tu ne crains donc pas de tomber sous leurs coups!

» Ne vois-tu pas ce chasseur qui s'avance

» Et son chien qui s'élance

» En avant! »

— « J'aime ce bruit, répondit l'imprudent,

» Je n'ai jamais vu de merveille

» Pareille! »

A peine il achevait ces mots

Qu'il se sent pris par une dent cruelle,

Qui lui brisait les os.

— « C'est ma faute, dit-il, en répandant des larmes,

» Ah! si je n'avais point à ses alarmes

» Résisté follement,

» Je ne mourrais pas maintenant.

» J'ai mérité mon sort. » A ces mots il expire ;

Et le vieux qui s'était mis à l'abri,

En entendant le dernier cri

Du malheureux, soupire
Et dit : Est-il donc rien de pire
Que la sotte curiosité
Et la folle témérité
   Des lapins de cet âge;
Jadis on était bien plus sage!

ADIEUX A UNE ÉLÈVE.

Sans cesse à notre cœur, hélas ! le temps enlève
Quelque objet bien aimé ; mais il n'est point pour nous
Plus sensible regret que de perdre une élève
Intelligente, bonne, et que nous aimions tous.

Adieu, puisqu'il le faut... Allez où vous appelle
La voix d'un père... Allez, et pour lui du bonheur
Tenez les fils légers et la chaîne si belle,
Qui ne rompt point, quand veille auprès quelque bon cœur.

Et pensez cependant à ces fleurs enchantées
Qu'ensemble nous allions, d'un regard curieux
Chercher dans le grand livre où sont toutes rangées
Les filles du poète, habitantes des cieux.

Ah ! ne laissez jamais dans votre intelligence
Flétrir ces belles fleurs ; ne laissez point l'oubli
Faire un désert où règne aujourd'hui l'abondance,
Ni le fleuve tari dessécher dans son lit.

Enfin que l'avenir, ò ma chère Lucie,

Vous soit doux, aussi doux que le fut le passé!...

Mais si vous souffriez... songez à votre amie...

Dites : on est en classe... ils ont à moi pensé!

A Mlle X...

POUR L'ANNIVERSAIRE DE SA NAISSANCE.

Pour vous vient de sonner une heure solennelle,
Une heure que l'on aime aux beaux jours du printemps,
Une heure où l'on se dit : Emilie est bien belle,
Elle est très gracieuse avec ses dix-neuf ans !
Cette heure a murmuré bien autre chose encore :
Des parents ont compté tous les jours de bonheur
Que leur a procurés cette enfant qu'on adore,
A cause de sa grâce, à cause de son cœur.
Ils ont secrètement appelé sur sa tête
Les bénédictions qu'elle mérite bien,
Car la vie est pour eux chaque jour une fête
Avec leur Emilie — un trésor — un vrai bien !
Et les amis, joignant leurs vœux à la famille,
Ont prié le Seigneur qu'il protège ses pas ;
Car l'amitié jamais n'eut un plus sûr asile
Que le cœur d'Emilie, et de plus doux appas.

LE SONGE D'UN ORPHELIN.

Un orphelin disait à sa sœur, à son frère :
    « Approchez-vous, enfants, pour écouter
» Un songe affreux : j'ai vu pendant la nuit dernière
    » Celui qui vient, hélas ! de nous quitter.
» Son visage était pâle ; il paraissait fort triste !
    » Il fait entendre un long gémissement
» Et dit : « Ta mère, enfant, de mon départ s'attriste
    » Sans accepter aucun soulagement ;
» La douleur la tuera ; trop tôt pour vous sa peine
    » La conduira, pauvre mère, au tombeau.
» Encore quelques jours, encore une semaine
    » Et vous serez, hélas ! seuls au hameau !
» A toi l'aîné, je viens confier ma famille ;
    » Sers-leur de père ; aime-les comme moi ;
» Veille bien sur ton frère et prends soin de ma fille :
    » Ils n'auront plus bientôt d'appui qu'en toi.
» Nous n'avons pas laissé, tant s'en faut, de fortune
    » Pour vous placer à l'abri du besoin.
» Cette idée, ô mon fils, m'afflige et m'importune ;
    » Mais pourvois-y, travaille, prends bien soin

» Qu'ils ne connaissent pas l'aspect de la misère,

 » Et que jamais ils ne manquent de pain!

» Les pauvres petits n'ont que toi seul sur la terre,

 » Pour éloigner d'eux le froid et la faim!

» Guide toujours ton frère, ami, par ton exemple,

 » Dans le chemin du bien, de la vertu.

» Conduis souvent ta sœur prier dans le saint temple :

 » Sers-lui de mère, enfant, oh! m'entends-tu! »

Et ses larmes alors coulaient en abondance;

 Sans dire un mot, moi je pleurais aussi...

Enfin j'ai répondu : « Tu mets ta confiance

 » En moi, mon père... Oh! sois sans nul souci!... »

Mais prions tous les trois, ô ma sœur et mon frère,

 Prions que Dieu ne nous accable pas.

Ils prièrent en vain : huit jours après, leur mère

 Les laissait seuls sur cette terre, hélas!

SUR L'ÉDUCATION.

Vous demandez, Madame, à mon expérience,
Les moyens d'élever habilement l'enfance :
De bons conseils moi-même, hélas! j'aurais besoin
Pour remplir cette tâche avec succès. Le soin
Que Dieu nous a donné, demande une sagesse
Sans cesse vigilante, exempte de faiblesse,
Autant que de rigueur. Le jeune et tendre plant
A besoin d'un appui contre les coups du vent;
Mais pour le préserver, n'arrêtons pas la sève
Par des liens trop serrés; permettons qu'il s'élève
Libre, droit dans les airs : de même de l'enfant,
En voulant l'affranchir de tout mauvais penchant,
Gardons-nous d'étouffer quelque précieux germe
Dans son esprit naissant, que son cœur ne se ferme
Par trop de dureté, qu'il n'ose s'entr'ouvrir
Aux doux rayons du vrai, de crainte d'encourir
Des reproches amers; qu'au lieu de la franchise
Il ne prenne un air faux, un front qui se déguise.
Bannissons la licence et non la liberté,
Principe de vertu, source de vérité!

Mais le discernement en est fort difficile :
Approuver ou blâmer est chose assez facile :
En apparence; il est cependant bien des gens
Qui le font de travers. Ah ! combien de parents
Appellent gentillesse un acte de malice
Qui répété souvent peut devenir un vice!
Chaque mot de l'enfant est un beau trait d'esprit
Dont on fait part à tous et dont sans cesse on rit;
On s'extasie aussi devant chaque grimace
Qui sur les traits pourtant peut laisser une trace.
Il est maussade à table, et bavard au salon,
Et flatteurs de crier : votre petit garçon
Est tout rempli d'esprit! qu'il est gentil, aimable!
Mais de dire tout bas : oh! l'enfant détestable!
L'enfant mal élevé! — Dites-moi, pensez-vous
Que ces pauvres parents ne sont pas de vrais fous?
— Je veux, répètent-ils, je veux que mon fils m'aime!
— Vous ne voyez donc pas que votre beau système
Produit un résultat tout-à-fait opposé?
Etant par la nature au mal tout disposé,
Vous l'y portez encore; et son indépendance
Ne voudra plus bientôt souffrir de résistance.
Alors de réprimer; mais votre jeune ami,
Quand vous le punissez, devient votre ennemi!
Ne jamais abdiquer les droits de la nature,
Serait d'une conduite et plus sage et plus sûre :

Non qu'il faille en despote exercer son pouvoir ;
Ce serait inspirer la haine du devoir,
Que d'avoir tous les jours le front dur et sévère,
L'œil menaçant pour rien, et le ton en colère.
A ce ton-là l'enfant bientôt s'habituerait,
N'en tiendrait aucun compte et même s'en rirait ;
Ou bien tremblant de peur à l'aspect de son maître,
Il s'enfuirait bien vite en le voyant paraître.
Si nous ne savons pas éviter ces excès,
Il ne faut pas compter sur de brillants succès.
Nous devons au contraire, en tremblant, nous attendre
A voir avec le temps le mal croître et s'étendre.
Les défauts des parents détruisent la leçon
Que leur bouche a donnée ; en éducation
D'exemple il faut prêcher plutôt que de précepte :
Soyons sages d'abord pour que l'enfant accepte
Notre direction avec docilité,
Et qu'il reste soumis à notre autorité.
Malheur à ceux, hélas ! qui perdent l'innocence,
Qui versent le poison dans le cœur de l'enfance,
Ne sachant retenir quelque mot imprudent,
Tout prêt à se glisser au cœur comme un serpent ;
La blessure qu'il fait plus tard devient mortelle !
Ménageons dans l'enfant cette candeur si belle !
Et si les vices sont des maux, les plus grands maux,
Eloignons de ses yeux l'ombre de nos défauts,

Tandis que des vertus nous lui donnons l'exemple.
Enfin, que le foyer soit toujours comme un temple
Où l'enfant soit instruit à pratiquer le bien :
Entre le ciel et nous c'est le principal lien !
Et tout en élevant un enfant pour la terre,
Disons-lui tout d'abord le nom du divin Père
Qui veille avec amour sur les petits enfants,
Et qui prête son aide aux efforts des parents !
Que ce nom soit gravé bien avant dans son âme :
Car c'est de là plus tard que jaillira la flamme
D'un esprit généreux, d'un grand et noble cœur ;
Car ce nom auguste est la base du bonheur !

LA NATURE ET LE POÈTE.

POÉSIE ALLEMANDE.

Je viens pleurer dans ton sein, ô ma mère ;
Ah ! berce un peu ton enfant affligé ;
Car sa douleur, hélas ! est bien amère !
Son pauvre cœur dans le deuil est plongé :
Ah ! berce un peu ton enfant affligé !

Je viens à toi pour que tu me consoles,
Car le malheur m'a beaucoup éprouvé !
— Enfant, dis donc pourquoi tu te désoles ?
Sans doute c'est pour avoir trop rêvé !
— Oui, le malheur m'a beaucoup éprouvé !

— O pauvre enfant, sans peine je devine ;
Mais ton mal est difficile à guérir,
Sans le secours d'une grâce divine :
Ah ! je te plains, car on peut en mourir !...
Oui, ton mal est difficile à guérir !

— Il faut, je vois, que je souffre en silence :
Eh bien, jamais ne me plaindrai plus,
Vers le trépas aussi bien je m'avance,
Et de mes jours périsse le surplus :
Non, non, jamais je ne me plaindrai plus !

— Viens, mon enfant, oh ! viens, que je te berce :
C'est le printemps, vois la beauté du jour ;
L'oiseau bâtit son nid et la fleur percè !
— O mère, non, car tout parle d'amour ;
Je crains les fleurs et la beauté du jour !

LISIEUX.

Au milieu d'un pays d'une riche verdure,
D'un aspect pittoresque, où l'aimable nature
Se plaît à décorer des plus riantes fleurs
La robe du printemps, à faire aux laboureurs
Présent des plus beaux fruits par les mains de l'automne
Qui leur offre avec grâce à tous ce qu'il leur donne, —
L'on aperçoit au pied de deux charmants coteaux,
Peu distants l'un de l'autre, et sur leurs flancs égaux,
S'étendre avec bonheur une cité modeste !
Elle vit les Césars, l'histoire nous l'atteste :
Elle est vieille et pourtant elle a plutôt les traits
D'une forte jeunesse ; elle en a les attraits !
Son sein est entouré d'une verte ceinture ;
Les fleurs, les fruits lui font une riche parure.
Mais sa force surtout se trouve dans ses bras :
L'industrie a choisi pour un de ses combats
Ce champ étroit, mais sûr, où plus d'une victoire
Déjà semble annoncer une moisson de gloire
A la cité normande. Hélas ! cher Lisieux,
Je sais apprécier les produits précieux

De tes vastes travaux : mais franchement j'accuse
L'impuissance réelle où se trouve ma muse
De chanter dignement les succès éclatants
Qui donnent la fortune à tous tes habitants !
Je n'ai jamais aimé tes bruyantes fabriques,
Les sons étourdissants des lourdes mécaniques,
Ces longs tuyaux d'où sort une noire vapeur
Empoisonnant les airs de son infecte odeur,
Obscurcissant le ciel de longs flots de fumée
Qui retombent sur nous. — Et la foule affamée,
Au teint hâve et morbide, au cœur triste et glacé
De tous ces ouvriers ! — Je n'ai jamais passé
Devant eux sans sentir dans mes yeux une larme,
Et sans entendre encore un bruit sourd qui m'alarme :
Ils portent sur leurs fronts un tel air de malheur,
Ces pauvres parias ! Ils portent dans leur cœur
Des abîmes profonds de haine et de colère,
Qu'ils n'avaient pas jadis ! Oh ! tu ne peux me plaire,
Ville de l'industrie, opulente cité,
Car tes brillants progrès et ta prospérité
Ont détruit le bonheur d'une foule flétrie ! —
J'aime autre chose en toi, fille de la Neustrie ;
J'aime tes prés si verts et tes coteaux fleuris ;
Dans les jolis chemins l'on m'a souvent surpris
Marcher à petits pas, en dévorant un livre,
Ou bien, me reposant auprès d'un ruisseau, suivre

Le cours de son eau pure, où cherchent à se mirer
Les grands arbres du bord, où viennent s'admirer
Les bœufs de la patrie, au visage rustique,
Au pas majestueux, à l'air si pacifique !
Vous regardant passer avec étonnement,
Ils cessent de brouter le gazon un moment ;
Quelques-uns curieux et plus hardis s'avancent,
Et, quand ils ont bien vu, pleins de joie ils s'élancent
A travers la prairie ! Ils ont là des festins
Propres à réveiller leur faim tous les matins,
Au sein d'une herbe tendre et bonne et grasse et telle
Qu'on n'en voit, je le crois, qu'en ces lieux de pareille !
Le riche et beau pays ! Toi, qui parcours les cieux,
Chaque jour, ô soleil, dis-nous donc si tes yeux
Ont rien vu de plus beau ! — Quand de la capitale
Je revenais au temps où la nature étale
Sa plus fraîche parure à nos yeux éblouis,
A ces jours de printemps où les cœurs réjouis
Se dilatent gaiement, en gagnant la province,
Où s'enfuit de Paris le bourgeois et le prince ;
Mon bonheur redoublait à l'aspect des coteaux
Qui ceignent Lisieux, — cent mille fois plus beaux
Que les murs de Paris, — à l'aspect des prairies
Que couvrent les tapis des herbes rajeunies,
Aux fleurs d'argent et d'or ! Je disais : « Lisieux,
» O pays enchanteur, séjour délicieux,

» Que ne puis-je fixer un jour dans tes bocages

» Ma vie longtemps errante, et de mes longs voyages

» Me reposer ici ! » Mais un pressentiment,

— Un de ces messagers venus du firmament

Afin de soulever à nos regards le voile

Qui cache l'avenir, — me dit que mon étoile

Me fixerait un jour près de ces bords heureux,

Que là s'accomplirait le plus cher de mes vœux !

Enfin ce port s'ouvrit à ma dure jeunesse !...

Et si j'y dois vieillir, oh ! puisse la vieillesse

Nous permettre de vivre au milieu de nos champs,

Ainsi que dans l'amour de nos petits enfants !

LES PÉCHÉS CAPITAUX.

Vous que l'orgueil isole au milieu de vos frères,
Dans ce désert du cœur où nulle affection
Ne fleurit et ne germe, où les plantes amères,
Le mépris, le dédain, la malédiction
Empoisonnent le sol et brûlant et stérile :
Quoi ! se peut-il, hélas ! que vous soyez resté
Là pour souffrir la mort, quand il vous est facile
De recouvrer la vie avec l'humilité !

Vous que l'ambition avec effort attire
A travers les rochers, par des sentiers scabreux,
Pour vous faire monter ; quand elle vous déchire
Aux ronces du chemin, vous êtes malheureux !
Vous regrettez alors, en répandant des larmes,
Votre petit vallon, que rien n'inquiétait,
Où vous étiez tranquille et toujours sans alarmes :
Ah ! revenez-y donc, il est tel qu'il était !

Vous dont l'extérieur annonce la misère,
Quoique vous possédiez un immense trésor,
Que vous allez compter dans le sein de la terre
Plusieurs fois chaque jour, étendu sur votre or :

Ah ! vous mourez de faim ; vous manquez de chemise ;
Vous souffrez des tourments autant que les damnés ;
La charité, pourtant, à votre porte assise
Vous dit : « Le bonheur est à vous, si vous donnez ! »

Vous aussi dont le sang du venin de l'envie
Infecté, corrompu, rend livides vos traits,
Et vos yeux tout hagards ; qui passez votre vie
A dépouiller autrui dans des désirs secrets ;
Qui seriez, je le crois, aisément homicide,
S'il suffisait, hélas ! de vouloir dans son cœur ;
Vous que le désespoir pousserait au suicide,
Le dévoûment vous dit : « Je vous rends le bonheur ! »

Et vous qui croupissez au sein de la paresse,
Dont les mains et les pieds tout-à-fait engourdis
Ont perdu dès longtemps leur force et leur adresse,
Dont le cœur est glacé, les esprits étourdis,
L'ennui, vautour cruel, vous ronge, vous dévore ;
Le remède d'Hercule est là pour vous guérir :
Essayez du travail, essayez dès l'aurore,
Et vous verrez vers vous les plaisirs accourir !

Mais quel est ce hideux, ce triste personnage,
Au visage hébété, qui ne peut se tenir
Debout un seul instant, et dont la tête nage
Dans de sombres vapeurs, sans qu'il ait souvenir

Du passé, ni qu'il ait pensée à lui présente !
Que dire à cette brute, à cet être sans nom ?
La tempérance aimable à ses yeux se présente,
En vain pour le guérir : toujours il répond *non !*

Et ce vice honteux, qu'on n'oserait dépeindre,
Dont les regards hardis font voiler la pudeur,
Et dont la bouche impure a tantôt l'art de feindre,
Et tantôt se permet des mots qui font horreur :
Hélas ! pour retirer quelqu'un de cette fange,
Où l'âme se salit aussi bien que le corps,
Il faudrait que le ciel vraiment envoie un ange
Qui de la modestie ait les chastes dehors.

Enfin, vous qui criez plus fort que la tempête,
Dont les membres tremblants, les traits décomposés
Prouvent que la colère a troublé votre tête ;
Quand, après ces fureurs, vous serez apaisés,
Allez vers la douceur, cet autre ange si calme,
Qui prévient la querelle et ramène la paix,
Afin que par sa voix, par sa vue il vous calme ;
Et restez près de lui, sans le quitter jamais !

LE CHAT ET LE POURCEAU.

FABLE.

Un chat passant près d'une mare
Où s'écoulait l'eau du fumier,
Et sentant cette odeur qui n'est pas rare
Près de la maison d'un fermier,
Vit dom Pourceau se vautrer dans la fange.
Le chat, comme l'on sait, est très propre et se range
Devant un brin de paille ; il a le poil
Luisant comme un manchon de dame.
Cette vue irrite son âme :
« Vilain pourceau, dit-il, laid Ratapoil,
   » Vois comme tu salis ta soie ! »
   — « Oh ! tu ne sais quel plaisir, quelle joie
   » J'éprouve à me vautrer, dit le pourceau ;
   » De m'en priver, je ne suis pas si sot ! »
Le chat qui ne peut point souffrir qu'on soit malpropre
Le prêche bien longtemps, en lui représentant
Que s'il change, on dira partout, en le louant,
   « Ah ! voyez ce pourceau, comme il est propre ! »

Et dom Pourceau se laisse enfin persuader.

    Se retirant du fumier à grand'peine

Dans de l'eau propre il s'en va se laver ;

    Et puis le chat l'embrasse pour sa peine.

De l'avoir converti celui-ci se vanta

      Dans chaque Etat :

Il allait le disant aux petits veaux, aux poules,

    Et l'on voyait partout des foules

D'animaux qui couraient pour voir cela.

    Quelle fut leur surprise

En voyant le pourceau marcher comme un prélat

    Dans la fange ! « Hé ! leur dit-il, je méprise

      » Ceux qui diront du mal de moi ;

      » Car je suis heureux comme un roi ! »

A ces mots, il s'en met par dessus les oreilles ;

Et le chat n'essaya plus de cures pareilles.

MON PÊCHER.

Dans mon petit jardin, un pêcher magnifique,
Dès le premier printemps, s'était couvert de fleurs,
Que chaque jour l'aurore arrosait de ses pleurs.
Il était beau, bien fait, défiait la critique :
Ses bras souples et longs s'étendaient sur les murs,
Le long desquels flottaient ses feuilles d'un vert tendre,
Se tournant au soleil, qu'elles semblaient attendre,
Afin de respirer ses rayons doux et purs.
Dès qu'il apparaissait, la fleur et fraîche et rose
Entr'ouvrait sa corolle, et la tendre chaleur
De l'astre du matin pénétrant dans son cœur
Allumait ses désirs ; encore à peine éclose
Elle se préparait à fêter son hymen.
Déjà vers le pistil l'étamine se penche,
Et la feuille gaîment s'agite sur la branche :
La fête se célèbre en présence du thym,
De la suave hyacinthe et de la violette
Qui fleurissaient au pied de mon joli pêcher.
Mais, hélas ! du destin qui pourrait empêcher
Les coups inattendus ! Un jour que l'alouette

Répétait sa chanson, en montant vers les cieux,
Que les vents ne faisaient passer aucun nuage
Sur le front du soleil, pour cacher son visage,
Et que tout souriait à l'astre radieux,
Je vole à mon jardin, afin de voir paraître
Dans toute sa beauté, sous un si beau soleil,
Mon arbre bien aimé, favorisé du ciel.
J'approche... c'est la mort que je vois apparaître !
Plus de fleurs !... l'ennemi avait, hélas ! passé
Pendant cette nuit-là, nuit de forte gelée,
Funeste pour la fleur qui s'est trop tôt hâtée.
Et mon pauvre arbre, atteint de son souffle glacé,
N'avait pu se défendre ! Au lieu de me sourire,
Comme aux jours précédents, il était languissant !
Je touche quelques fleurs qui tombent à l'instant :
Il n'en resta pas une ! Ainsi vient nous séduire,
Quelquefois sur la terre un doux rayon d'espoir :
Nous y tournons notre âme en pleine confiance ;
Puis un coup de vent vient briser notre espérance,
Et nous n'avons après qu'un ciel obscur et noir !

MADELAINE.

Madelaine a vingt ans ; elle est de son village
  Le plus bel ornement ;
Mais triste elle languit, malgré l'éclat de l'âge,
  Et pleure amèrement !

Tous les soirs on la voit qui, dans le cimetière,
  S'avance à petits pas ;
Sur une simple tombe elle fait sa prière,
  A l'heure des repas !

On croirait qu'elle parle au mort caché sous l'herbe,
  Qu'il répond à sa voix ;
On entend une plainte, et puis un mot acerbe...
  Des rires quelquefois !

La mort de son époux, hélas ! la rendra folle :
  Il était jeune et beau !
Ils s'aimaient tendrement ! Alors rien ne console
  Que le même tombeau !

« Mon Dieu, mon Dieu, daignez nous réunir, dit-elle :
      » J'entrevis le printemps !
» Ma vie auprès de lui fut heureuse et fut belle,
      ». Mais… mais combien de temps !

» Pourquoi me l'avoir donc retiré dès l'aurore,
      » Mon époux bien aimé?
» Et pourquoi donc l'avoir, cet époux que j'adore,
      » Dans la tombe enfermé?

» Rendez-le moi, mon Dieu ; sinon prenez ma vie
      » Qui ne peut plus servir.
». D'être à côté de lui je serais bien ravie !
      » Ah ! faites moi mourir ! »

Le bon Dieu l'exauça : la pauvre Madelaine
      Fit ses adieux à tous ;
Puis avec joie alla, deux mois après à peine,
      Rejoindre son époux.

CONNAIS-TOI TOI-MÊME.

MÉDITATION.

C'était le soir, à l'heure où l'esprit se replie
Fatigué sur lui-même, où notre âme remplie
Des souvenirs du jour, voudrait s'en délivrer,
Et se retire en elle, afin de respirer :
En entrant dans ce monde où reluit la pensée,
Cet astre aux doux rayons, la poitrine oppressée
Sent alléger le poids du jour qui l'accablait,
Et le cœur malheureux y trouve un grand attrait !
Je m'endormais au sein de cette rêverie,
Dans le calme du soir : une image chérie
Embellissait ce monde et passait sous mes yeux :
Il me semblait alors voir s'entr'ouvrir les cieux
Où j'entrais avec elle ; et la voix éternelle
Disait avec douceur : « J'ai mis, âme immortelle,
» Un écho dans ton cœur, qui te répétera
» Tout ce qu'on dit en haut, et qui te servira
» De guide ; mais voici la maxime suprême :
» D'abord pense à ton âme et connais-toi toi-même

12

» Cette étude fera bien plus pour ton bonheur,
» T'approchera plus près de ton divin auteur,
» De la source du vrai, que ces autres sciences,
» Scrutant les lois des cieux, mesurant leurs distances,
» De l'univers osant sonder les profondeurs,
» Mais ne parlant jamais d'autre langue à nos cœurs
» Que des chiffres abstraits! Ah! la vie est bannie,
» Par l'absence de Dieu, de l'homme de génie
» Qui sachant manier l'équerre et le compas,
» Refait le plan du monde et ne se connaît pas :
» Combien en a-t-on vu, ne sentant plus la flamme
» Du feu divin en eux, qui reniaient leur âme!
» Avant tout connais-toi : visite chaque jour
» Les coins de ton esprit; fais et refais le tour
» Du globe intérieur; vois, vois si la sagesse
» Y tient le gouvernail; chasses-en la paresse
» Qui fait dormir ton âme et fatigue ton corps.
» Si l'orgueil y réside, oh! vite, mets dehors
» Cet odieux tyran! Surtout bannis la haine
» Et le cortége affreux qu'à sa suite elle traîne! »
Ainsi parla la voix; j'ai suivi son conseil;
J'observe chaque jour mon cœur dès le réveil.
Si je vois quelque part du mal et du désordre,
Je répare soudain et remets tout en ordre.
Depuis ce changement, j'ai vécu plus heureux;
L'air m'a semblé plus doux, le sort moins rigoureux,

Et les hommes meilleurs! Puis j'ai plus d'assurance :
A ma force je sais mesurer l'espérance !
On ne craint nul danger, guidé par la raison
Par le même chemin, durant toute saison :
Devant nous la prudence évite tout obstacle ;
La tempérance suit, faisant souvent miracle ;
Et s'il faut quelquefois s'armer pour le combat,
S'il faut intervenir au milieu du débat
Des passions, alors le gain de la victoire
Est assuré ; l'on peut se promettre la gloire,
Cette gloire si douce, exempte de malheurs,
Qui vient nous couronner, sans larmes ni douleurs !
Divin miroir de l'âme, ô sainte conscience,
Heureux qui s'est livré toujours à ta science,
Comme le grand Socrate ! Elle chasse l'erreur,
Cette nuit de l'esprit et ce poison du cœur,
Arrête les complots des passions, des vices,
Démasque leurs projets, dénonce leurs complices,
Pénètre sûrement jusqu'aux intentions
Qu'elle punit souvent comme les actions.
Lorsque j'ai refusé, divine conseillère,
D'obéir à ta voix, hélas ! dans ma carrière
Que de faux pas j'ai faits ! que de jours j'ai perdus !
Combien j'ai rencontré de chagrins imprévus !
Il ne fallait qu'un choc pour me vaincre et m'abattre ;
Je n'avais point du tout de force pour combattre

Au dedans de mon cœur mes ennemis secrets,
Et non plus au dehors, pour repousser les traits
Que ne manque jamais de nous lancer l'envie,
Quelque caché que soit l'état de notre vie.
Je ne me serais pas autant humilié,
Si sur moi-même, au camp, je m'étais replié;
Si j'avais cherché là l'abri contre l'orage;
Si je m'étais assis sous la tente du sage,
Tout auprès de son Dieu! car aucun ennemi
Ne vint jamais à bout de l'homme qui se mit
A la garde de Dieu, dans cette forteresse!
Là, du haut des remparts, on méprise l'ivresse
De ces hommes gorgés des faux et des vains biens
Et qui vont se traînant enchaînés dans leurs liens:
Ils rôdent égarés, au milieu des ténèbres,
Ayant d'affreuses peurs, poussant des cris funèbres:
A ce spectacle on sent, hélas! mieux que jamais,
Le bonheur de goûter, dans le sein de la paix,
L'étude de son cœur, l'étude de soi-même,
Pour s'élever de là jusqu'à l'Être Suprême!

CHŒUR DE HAVRAIS.

Moi, j'aime, j'aime l'Océan,
Comme le Suisse sa montagne,
Et le laboureur sa campagne,
La mer, la mer, que c'est beau! que c'est grand!

UNE VOIX.

Amis, courons tous vers la plage :
Un beau navire est prêt d'entrer ;
Il vient d'un bien lointain voyage !
Nous allons le voir pénétrer
Au sein de notre belle ville !
Voici sa voile au loin qui brille,
Et le canon nous avertit.
Il vole comme l'hirondelle ;
A l'horizon, lui si petit,
Est grand comme une citadelle !

LE CHŒUR.

Moi, j'aime, j'aime l'Océan, etc.

UNE VOIX.

Ah! parle-nous, mon beau navire;
Raconte-nous ce que l'on fait
Dans l'Inde et le céleste Empire.
Apportes-tu quelque bienfait
De l'Orient à notre France,
Cher messager de l'espérance?
Montre-nous vite ces produits
Qui sous d'autres cieux étincellent;
Etale à nos yeux éblouis
Ce que tes vastes flancs recèlent!

LE CHOEUR.

Moi, j'aime, j'aime l'Océan, etc.

UNE VOIX.

Ah! voyez ce coursier de l'onde,
Comme sur les eaux il bondit,
Souriant à la mer profonde
Qui le berce dedans son lit!
Il va plier ses blanches ailes
Qui lui furent toujours fidèles :
Déjà grimpent les matelots,
Entonnant le chant d'allégresse,
Tandis que la foule à longs flots
Pour admirer court et se presse!

LE CHOEUR.

Moi, j'aime, j'aime l'Océan, etc.

UNE VOIX.

Chez nous repose-toi bien vite,
Beau navire, pour repartir;
Car l'étranger toujours t'invite,
Quand tu t'en vas, à revenir!
Cette terre du ciel bénie
Lui fera part de son génie
Et des heureux fruits de ses champs,
Si beaux dans les coupes vermeilles!
Du sol porte-lui ces présents;
Des arts porte-lui les merveilles!

LE CHŒUR.

Moi, j'aime, j'aime l'Océan, etc.

A Mme X.

Mon vœu le plus ardent, Madame, est de vous plaire ;
J'aimerais mieux mourir que jamais vous déplaire :
Commandez, je suis prêt, toutes vos volontés,
Tous vos ordres par moi vont être exécutés ;
Tout me sera possible... hors une seule chose...
Je n'ose l'avouer, et pour plus d'une cause...
Votre bonté pourtant m'encourage à parler,
A vous ouvrir mon cœur, à ne vous rien céler...
Eh bien ! Dieu m'a créé, je gémis, quand j'y pense,
Le dormeur le plus grand qu'on puisse voir en France.
Quand les autres s'en vont à ces plaisirs du soir,
Dont le plus grand pour moi serait de vous y voir,
Un sommeil envieux contraint mes paupières
A recouvrir mes yeux fatigués des lumières.
Si contre ce tyran qui me fait chanceler,
Je lutte un peu, il fuit ; j'ai beau le rappeler
Durant le cours des nuits, il faut de l'insomnie
Endurer les tourments. Quand la nuit est finie,
Que le soleil paraît aux bords de l'horizon,
Et s'avançant le long des murs de la maison,

M'avertit qu'il est temps de voler à l'ouvrage,
C'est alors que revient le sommeil, et j'enrage
De n'en pouvoir goûter un instant les douceurs.
Je me lève et partout je ressens des douleurs ;
Ma tête, hélas ! se fend et je me traîne à peine.
Mais quoi ! j'en ai souvent pour toute une semaine
A réparer le mal causé par un plaisir
Que j'ai dû dévorer, pour céder au désir
D'un ami. Loin de moi, Madame, la pensée
De rester sans bouger près de ma cheminée...
A plaire à mes amis toujours l'on me verra
Avec joie empressé ; jamais l'on ne dira
Que je les fuis ; j'irai causer dans la journée ;
J'irai le soir aussi : mais, quand l'heure sonnée
Aura frappé dix coups sur le timbre argentin,
Je dirai : « Mes amis, jusqu'à demain matin.
» Je vous quitte à regret ; mais ma santé commande ;
» Au revoir donc ! » Madame, hélas ! je vous demande
D'avoir compassion de ma faible santé,
De me laisser pour elle entière liberté :
A dix heures pour tout mon âme est engourdie ;
Mais dans tout autre temps, disposez de ma vie !

HÉLÈNE.

Hélène aimait naguère à cultiver les fleurs :
Sa main blanche sarclait l'herbe de son parterre,
Arrosait sur le soir et donnait des tuteurs
Aux tiges qui tombaient trop faibles vers la terre ;
Puis cueillant un bouton, le mettait sur son sein.
Ces soins charmants semblaient la rendre bien heureus
Depuis deux mois ses fleurs la réclament en vain ;
Elle passe à côté toute triste et rêveuse !

A la lecture encore Hélène se plaisait,
Elle se distrayait, dans les longues soirées,
En recueillant les fleurs que le poète avait,
Pour les besoins du cœur, à pleines mains semées :
Elle laisse aujourd'hui son livre favori,
Et plongeant son œil noir et morne dans l'espace,
Elle ne parle pas et jamais ne sourit ;
Mais sur son front, une ombre, hélas ! passe et repasse !

Pour Hélène c'était le comble du bonheur
De prolonger beaucoup les douces causeries,
Où chaque jeune fille ouvre en entier son cœur :
Elle sautait au cou de ses jeunes amies,

Les embrassait souvent; on riait de la voir
Rire à propos de rien, folâtrer avec joie :
Elle pleure aujourd'hui, laissant apercevoir
La cause des ennuis où son âme se noie !

A cette pauvre Hélène, ô fleurs, vous pardonnez;
Car, quand vient le printemps, vous ressentez vous-mêmes
Ce que ressent son cœur; et vous qui nous donnez
Les exemples d'amour, romans, gentils poèmes,
Pardonnez, car c'est vous qui l'avez fait rêver !
Ai-je besoin aussi d'implorer ses amies?
« La même chose, hélas ! pourrait vous arriver;
» Ne faites pas semblant de voir ses rêveries ! »

UNE PAGE D'UN PHILOSOPHE.

TRADUCTION.

Ah ! pourquoi donc es-tu toujours triste, ô mon âme ?
Regarde un peu le ciel, comme il est grand et beau !
Au milieu de sa course, admire ce flambeau
Qui sourit à la terre, et dont la douce flamme
Fait croître dans les champs les feuilles et les fleurs !
Il lance autour de lui d'immenses flots de vie !
Est-ce que le bonheur n'est pas dans la prairie,
Au milieu des troupeaux, au cœur des laboureurs ?
Le petit oiseau chante et l'insecte bourdonne,
L'un sur le frais lilas, l'autre sous le gazon ;
L'hirondelle bâtit son nid à la maison.
Ils chantent tous : « Louange et gloire au Dieu qui donne
» D'une main libérale ! Il fournit à l'oiseau
» Le grain qui le nourrit, à la fleur la rosée
» Tous les jours par l'aurore en son sein déposée ;
» Il prépare avec soin le lit du vermisseau :
» Mais l'homme est avant tout l'objet de sa tendresse !
» Pour lui l'épi grandit et mûrit aux sillons ;
» Pour lui le troupeau paît tout le long des vallons,
» Et la terre à ses pieds dépose sa richesse. »

Voilà ce que j'entends! Tout est en mouvement;
Tout prend un air de fête, et la nature entière
De se voir rajeunie est satisfaite et fière :
Pour vivre sur la terre, ah! c'est le beau moment,
Car sous les doux soleils tout s'anime et s'enflamme!
Mais pourquoi donc es-tu toujours triste, ô mon âme!

A M. DE LAMARTINE.

Ai-je bien entendu? l'Homère de la France.
Aurait perdu ses biens, et même l'espérance,
Dans ses vieux jours, hélas! quand son front est blanchi,
Qu'il n'a plus désormais devant lui les années,
     Que ses forces sont épuisées,
Que sous le poids des ans son corps usé fléchit.

Il ne boira donc plus que dans la coupe amère
De l'indigence, lui qui fut roi sur la terre !
Peut-être on chassera du toit de ses aïeux,
Où coulèrent heureux les jours de son enfance,
Celui qui par l'effort de sa mâle éloquence
     Calma le torrent furieux !

Ah! sera-t-il forcé de quitter sa patrie,
De s'éloigner pleurant d'une terre chérie
Dont il aimait les champs, les fleurs et les soleils,
Ces lieux qu'il enchantait des doux sons de sa lyre,
     Où tout paraissait lui sourire,
Autrefois? Pourra-t-il en trouver de pareils?

S'il part, c'est pour mourir ; la France à son poète
Est nécessaire ; ailleurs sa lyre sera muette :
Comment chanter jamais loin de ceux qu'on aimait ?
L'exil est triste à tous, mais surtout au génie !
Il restera, j'espère : une tombe chérie
   Ici seule le retiendrait !

Son grand cœur ne veut pas le secours de l'aumône :
Ce roi déchu qui vient de descendre d'un trône,
Est trop fier dans sa chute ; il veut, dans son malheur,
Gagner le pain du jour et le droit d'un asile,
   Sans recevoir d'une main vile
Un argent non acquis par un rude labeur.

En pensant à tes maux, je pleurs, ô Lamartine,
Et j'invoque pour toi de la bonté divine
Ces retours de bonheur souvent inattendus.
Cependant je me dis : le sceau de l'infortune
Désarmera ceux-là que la gloire importune ;
   Tous les cœurs lui seront rendus !

La France un jour pourtant lui donna son suffrage,
Pour régler ses destins, au sortir d'un naufrage.
Bien des ingrats depuis ont nié ses bienfaits ;
Mais la postérité remet tout à sa place :
   Alors la glorieuse trace
Du grand homme luira sur le monde à jamais !

UN PORTRAIT.

Dis-moi s'il est un homme exempt de vanité ?
Cette folle est partout, au sein de la cité,
Sous le toit du paysan, dans la pauvre chaumière,
Dans les palais des rois : oui, sur la terre entière,
On la voit gouverner l'homme fait et l'enfant,
Le prêtre, l'ouvrier, le sage et l'ignorant.
Mais deux classes surtout, les poètes, les belles,
Suivent en tout ses lois, sont ses sujets fidèles.
Damon, ce jeune auteur, qui rime jour et nuit,
D'un vers à peine éclos, chétif et triste fruit
De sa muse insipide et beaucoup trop féconde,
Etourdit ses amis, fatigue tout le monde.
Il porte dans sa poche un affreux manuscrit ;
Et, dès qu'il est entré ; — J'ai récemment écrit
Quelques vers, vous dit-il,... un sujet qui doit plaire.
Mais votre avis, Monsieur, me serait nécessaire :
Vous êtes si bon juge ! — Oh ! non, je n'entends rien
A tout ceci. — Pardon ! je me suis trouvé bien
Déjà de vos conseils. — Vous cherchez quoi lui dire,
Quand, ouvrant son poème, il se met à le lire.

Vous baillez en secret, tandis que s'admirant,
Il lit avec emphase et s'arrête souvent,
Vous faisant remarquer les passages sublimes,
Les mots qui font effet et les ronflantes rimes.
— C'est bien... bien, dites-vous; cet ouvrage est parfait...
Vous êtes fatigué! — Non, je veux tout-à-fait
Vous le lire; la fin vous plaira mieux encore;
Puis il fait de nouveau rouler sa voix sonore.
Heureusement pour vous on vient vous avertir
Que votre femme en bas vous attend pour sortir.
— C'est fâcheux, dit Damon, vous n'aurez pas l'ensemble;
Mais nous achèverons demain, si bon vous semble.
— Oui, volontiers, Monsieur... Et vous dites tout bas :
Je m'esquive demain; tu ne m'y prendras pas.
Il revient, en effet, frapper à votre porte :
— Frappe, maudit auteur, que le diable t'emporte
Avec tous tes pareils!... Vous n'osez respirer,
De peur de vous trahir... On l'entend murmurer...
Enfin il se décide à porter son poème
Chez un autre auditeur qu'il torture de même.
Son amour-propre veut une victime au moins
Par jour; il les poursuit, les prenant à témoins
D'un talent méconnu par un public stupide,
Du goût impertinent d'un éditeur avide.
Puis enfin il s'adresse au journal quotidien
Qui, pour quelques écus, ne dira que du bien

13

De lui, de son ouvrage; et, pour cela, le titre
Suffit à son critique, avec un seul chapitre.
Il lui fait là-dessus un article flatteur,
En se mettant en scène, encor plus que l'auteur.
Damon prend tout cela pour la vérité pure,
Fait plus de bruit encor, et désormais n'endure
Plus la moindre critique. On le fuit, mais en vain :
On le trouve partout, et son livre à la main.
Oui, voilà de Damon le portrait bien fidèle ;
Mais à tous les miroirs sa vanité rebelle
Ne guérira jamais; jusqu'au bord du tombeau
De tous ceux qu'il rencontre il sera le bourreau

HYMNE A LA PROVIDENCE.

Entendez-vous au sein du monde
S'élever une grande voix ?
Des cieux, de la terre et de l'onde
On entend chanter à la fois :
« Salut, divine Providence !
» De ta bonté, de ta puissance
» Nous dirons toujours les bienfaits ;
» Père chéri de la nature,
» Qu'il est doux à ta créature
» De te célébrer à jamais ! »

Grâces à ta munificence,
Tous les êtres créés par toi,
Composent une chaîne immense,
Depuis l'homme, l'auguste roi
Qui tient le sceptre de la terre,
Qui seul découvre le mystère
Dont tu te voiles à nos yeux,
Jusqu'au minéral qui se cache,
A la pierre qui se détache
Du sommet des rocs sourcilleux.

Chaque être aussi, dans son langage,
Entonne son hymne d'amour :
L'oiseau caché sous le feuillage,
Quand le printemps est de retour,
Dès qu'il a vu briller l'aurore,
Au haut des monts qu'elle colore,
Chante avec joie, avec bonheur,
Le Dieu qui donne la pâture
A ses petits, qui de verdure
Cache le nid cher à son cœur.

Le petit ruisseau qui murmure
Parmi les cailloux du chemin,
Tout fier de son onde si pure
Où se reflète un ciel serein,
Nous dit : « Je viens de la montagne;
» Je vais à travers la campagne
» Pour fertiliser ses sillons;
» Du laboureur je suis la joie;
» Il bénit celui qui m'envoie
» Lui porter de riches moissons. »

L'Océan, quand sa voix terrible
Fait pâlir d'effroi les nochers,
Quand il lance sa vague horrible
Avec fracas sur les rochers :

« Adorez, dit-il, la puissance
» Qui fait mouvoir la masse immense
» Des eaux que je porte en mon sein :
» Un souffle de Dieu la soulève;
» Au ciel sans effort il l'élève;
» Je ne pèse rien dans sa main.

» Mais que sa bonté vous rassure :
» La prière des matelots
» M'a rendu ma surface pure,
» Le doux sourire de mes flots;
» Je vois sur ma plaine liquide
» Voler le navire rapide,
» Qui porte en de lointains climats
» Les trésors d'un autre hémisphère;
» J'unis les peuples de la terre,
» Sous ces hautes forêts de mâts!

» Voyez-vous passer ce nuage
» Qui s'est élevé de mes eaux?
» Il s'en va, loin de mon rivage,
» Arroser les champs, les coteaux,
» S'épancher sur la terre aride
» Ouvrant vers lui sa bouche avide.
» Il réjouit toutes les fleurs
» Dont la prairie est émaillée,
» Et l'herbe déjà desséchée
» A repris ses vertes couleurs! » »

Mais j'aime surtout à t'entendre
Chanter les louanges de Dieu,
O toi qui te plais à répandre,
En volant sur ton riche essieu,
Les flots dorés de la lumière
Qui charme tant notre paupière ;
O toi dont la douce chaleur
Fait mûrir les fruits de la terre,
O toi de notre divin père
Le plus aimable serviteur !

Astre brillant, flambeau du monde,
Dès que tu parais à nos yeux,
Dès que ta douce flamme inonde
Les espaces si grands des cieux,
A la voix du Dieu qui t'appelle ;
A nos cœurs ce Dieu se révèle
Plus brillant encor que tes feux,
Et plus grand encor que l'espace :
Il nous semble le voir qui passe,
En lançant des jets lumineux.

Je t'adore à genoux, ô maître,
O roi puissant de l'univers !
Dans ton œuvre je vois paraître
De tous tes attributs divers

Cette vive et frappante image
Qui charme les regards du sage,
Et qui remplit son cœur d'amour
Pour celui dont la bienfaisance
Enchante ainsi notre existence,
Au sein du terrestre séjour !

DES FLEURS SUR UNE TOMBE.

Ah ! qu'est donc devenue, amis, la jeune fille,
     Aux beaux yeux noirs, si bien fendus,
Qui portait le dimanche une courte mantille
     Où flottaient des cheveux touffus ?
Vous savez, la gentille et gracieuse brune
     Guidant une petite enfant,
L'été, par la fraîcheur du soir, lorsque la lune
     Regarde d'un air souriant...
J'ai vu, ces jours derniers, un drap blanc à sa porte ;
     Je crains, hélas ! quelque malheur !
Cependant elle était, il semble, et grande et forte,
     Ayant la santé dans sa fleur !...
J'aimais bien à la voir : jamais la modestie
     N'aura de plus aimables traits :
Hélas ! amis, déjà serait-elle partie ?...
     Mais hier je la vis de près
Passer, au crépuscule, emmenant la petite...
     — Hier, vous n'avez pu la voir :
Le drap blanc est pour elle ! — Ah ! le mal vient bien vite :
     Déjà passée avant le soir !

— Un ennemi secret avait rongé la rose,
  Et porté la mort dans son sein !
— O pauvre enfant, j'irai prier où tu repose
  Et déposer des fleurs demain !

A UN PROPHÈTE.

Le prophète autrefois s'en allait loin du monde
Converser avec Dieu ; l'Esprit est aux déserts !
Là coulait dans son cœur la parole féconde ;
Là s'ouvrait à ses yeux le plan de l'univers.

Va, lui disait l'Esprit, annoncer à la terre
Ce que tu viens de voir, et l'humble serviteur,
Avant d'oser parler, longtemps dans la prière,
Le jeûne et les soupirs, purifiait son cœur.

Puis allant vers le peuple, il chantait sur sa lyre :
« Je ne suis rien par moi, je suis l'écho des cieux. »
Et puis il s'écriait dans son divin délire :
« Peuples, rois, écoutez ; princes, ouvrez les yeux ! »

Mais toi qui veux prédire, as-tu de l'Empyrée
Sondé les profondeurs ? As-tu senti sur toi
Passer le divin souffle ? As-tu l'âme épurée
Par le vent du désert pour publier la loi ?

Un bruit de mort t'effraie ; il vient de l'Italie !
Plus d'art et plus de foi ! Rome languit et meurt !
Un nouveau monde naît, et c'est Philadelphie,
Un comptoir de marchands... et le poète pleurt !

Ne pleure pas ! poète : en parcourant la terre,
Un jour le maître dit : « Mon règne parmi vous
» Ne finira jamais, ainsi le veut mon père. »
A cette voix, silence ! ô mortels, à genoux !

As-tu donc oublié, dans ta philosophie,
Les promesses du ciel ? douterais-tu de lui ?
Ah ! douter, c'est la mort ! la foi seule est la vie !
Et pour les vrais croyants toujours le soleil luit !

Ne soyons pas ingrats ; avouons que le monde
Fut sauvé par la croix, et que la charité
Guérit avec du sang la blessure profonde
Que le serpent jadis fit à l'humanité.

L'Évangile aurait-il aujourd'hui moins d'empire
Que quand, sur les débris du vieux monde écroulé,
Sur les bras de la croix on vit Jésus sourire
A ce monde nouveau qu'il avait appelé ?

Mais nous vivons toujours de la sainte parole ;
On la fait retentir aux oreilles des rois ;
On l'explique au paysan qu'elle charme et console :
Pour gouverner la terre, avez-vous d'autres lois ?

Que sont-ils devenus tous ces fameux oracles
De la sagesse humaine, annonçant aux mortels
Qu'elle allait opérer parmi nous des miracles,
Et rendre l'homme heureux devant d'autres autels ?

Tout s'est évanoui, comme une ombre légère ;
Le peu d'adorateurs par les sages séduits
Ont renoncé bien vite à l'erreur mensongère ;
On n'a plus que le nom des systèmes détruits !

Le calvaire est debout, et rien ne peut l'abattre :
Tout périt ici bas, tout s'écroule à nos yeux ;
La croix seule survit ! En vain le temps vient battre
Le temple du Seigneur, sa tête est dans les cieux !

Ah ! reviens à la foi de ta belle jeunesse,
Quand ta lyre chantait, dans des transports d'amour,
Les autels rétablis, après des jours d'ivresse,
Et de nos rois chrétiens le triomphant retour !

Oui, tu croyais alors de cette foi brûlante
Qui consume aussitôt le doute insinuant ;
L'erreur qui détruit tout de sa faux dévorante,
Trouvait dans ton génie un ennemi puissant.

Pourquoi donc, ô poète, as-tu quitté la voie
Où tu marchais, enfant, avec simplicité ?
Tes chants, tes hymnes saints nous apportaient la joie :
Accorde encor ta lyre avec la vérité !

Là seulement, ami, l'avenir se révèle,
Loin des sentiers obscurs où languissent nos jours ;
Monte sur les hauteurs d'où le soleil se lève,
Et bientôt tu diras : « Rome vivra toujours ! »

PRIÈRE.

O mon Dieu, je renonce à sonder le mystère
Qui te voile à mes yeux ; je vois que sur la terre
Il faut se contenter d'entrevoir ta beauté,
D'adorer ta puissance avec humilité.
Orgueilleuse Raison, descends, descends, replie
Ton aile fatiguée et dors ! Je m'humilie
Pour toujours, ô Seigneur, devant vos saints autels !
J'ai voulu, malgré vous, des parvis immortels
Franchir le mur d'airain, et dans l'auguste enceinte
De votre éternité, contempler l'arche sainte :
Vous m'avez foudroyé ! L'ouragan de l'erreur
M'a renversé soudain, et j'ai senti l'horreur
Des ténèbres passer sur moi ! Combien on souffre
Loin de la vérité, loin de vous, dans ce gouffre,
Que creuse notre orgueil : à chaque pas on sent
Le souffle empoisonné, glacial du serpent !
J'en suis sorti, Seigneur ; je revois la lumière ;
Je retrouve du goût à la simple prière
Que ma mère m'apprit, lorsque j'étais enfant :
Ce fut de mon esprit le premier aliment ;

Je la répèterai comme aux jours de l'enfance,
Plein de foi, plein d'amour, bercé par l'espérance.
Vous montrez seulement la splendeur de vos cieux
A ceux qui devant vous, humbles, baissent les yeux :
J'ai, Seigneur, de vous voir une immortelle envie ;
Donc pour vous plaire, en tout je règlerai ma vie !

A UNE JEUNE ÉTRANGÈRE.

Je vous ai rencontrée au toit hospitalier
Où tous les jours j'allais porter la nourriture
A mes chères enfants : là, d'un ton familier,
Ensemble nous causions style, littérature ;
Nous pesions tous les mots, leur effet sur le cœur ;
Nous corrigions ensemble, et la jeune étrangère
En français savait bien trouver le mot vainqueur.
L'imagination à sa plume suggère
De ces phrases qu'on aime, et qui tout à la fois
Satisfont la raison et plaisent à l'oreille.
En vain notre grammaire a de sévères lois ;
La Française n'a pas une plume pareille
A celle qui nous dit si gracieusement
Les mots sortis du cœur, et dont le doux visage
Sourit avec bonté, comme accompagnement.
« Aimable jeune fille, enfant pieuse et sage,
» Disions-nous, puissiez-vous rencontrer sur vos pas
» Les fleurs de la nature avec les fleurs de l'âme ;
» Celles qu'à la vertu Dieu donne pour appas,
» Celles que fait germer le soleil de sa flamme !

Aujourd'hui dans mon cœur encor le souvenir
Fait les mêmes souhaits! Et vous, une prière
Aussi pour votre maître, afin qu'en l'avenir
Il marche avec succès dans sa belle carrière!

LA FIN D'UN SERMON.

Plaire aux autres, voilà le plus doux des plaisirs !
Que ce soit, mes amis, l'objet de vos désirs !
Et vous verrez bientôt s'embellir votre vie
Des fleurs de l'amitié, sans exciter l'envie ;
Vous verrez tous les fronts s'épanouir soudain
A votre aspect ; chacun vous serrera la main
Avec affection ; nulle bouche ennemie
Ne soufflera sur vous la noire calomnie :
Votre éloge au contraire à nul ne coûtera,
Et d'être votre ami chacun se vantera.
Il n'est pas pour cela besoin qu'on se dévoue :
Il suffit bien souvent que d'un seul mot on loue,
Avec délicatesse, et qu'on fasse valoir,
Chez l'une la beauté, chez l'autre le savoir ;
Qu'à son tour la bonté reçoive notre hommage ;
Que l'on fasse à propos ressortir de chaque âge
Le mérite ; qu'on tourne en bien tous les défauts ;
Qu'on ait grand soin aussi d'atténuer les maux,
Résultats d'une faute ou bien de la fortune ;
Et qu'on n'aille jamais, d'une face importune,

Accabler ceux qui sont gravement occupés...
Qu'on éclaire avec tact ceux qui seraient trompés..
Que sais-je? certes on peut toujours, sans trop de peine,
Se faire des amis. Quand même de la haine
On fuirait seulement les dangers, ce serait
Encor conduite sage; à ce compte on ferait
Plus gaîment son bonheur. Comme l'a dit un sage
Traitant de nos devoirs, nous faisons plus d'usage
Des hommes que du reste, et nous avons besoin
En tout de leur concours : alors prenons bien soin
De les gagner à nous par quelque bon office,
De nous les attacher par quelque sacrifice;
Et n'oublions jamais qu'à l'amour-propre il faut
Surtout savoir complaire, et qu'il n'est point défaut
Pire que de blesser l'exigeant petit-maître
Qui désire si fort de briller, de paraître,
Mais qui se trouve heureux quand avec grâce on fait
Ce peu... ce rien souvent dont il est satisfait.
Moi, je voudrais que tous nous missions notre gloire
A préserver autrui du plus léger déboire,
A consoler ses maux, à calmer ses douleurs,
Et que l'on vît régner cette union des cœurs
Qu'ont rêvée en tout temps les sages de la terre,
Platon et Cicéron et récemment Voltaire !
Je vous entends me dire : « Et vous, prédicateur,
» Ces préceptes si beaux dont vous êtes l'auteur,

» L'on vous voit tous les jours les suivre sans nul doute :

» Tous les heureux humains qui sont sur votre route,

» Reçoivent pour le moins sourire gracieux

» De votre part; jamais vous n'êtes ennuyeux

» Pour personne, et flattant avec délicatesse,

» Vous donnez la gaîté, vous chassez la tristesse... »

Je me souviens, amis, que mon curé disait :

« Faites ce que j'ai dit et non ce que j'ai fait ! »

FIN.

TABLE.

Havre. — Imprimerie Commerciale COSTEY Frères, rue de l'Hôpital, 4 & 6.

www.ingramcontent.com/pod-product-compliance
Lightning Source LLC
Chambersburg PA
CBHW061503030726
47503CB00005B/1789